吉本ばなな

鶫

劉子倩——譯

吉本芭娜娜

目錄

三十五週年版序 004

鬼信箱 007
春天與山本家姊妹 023
人生 039
外人 056
因爲夜 073
告白 092
與父同游 109
祭典 125
憤怒 141
坑洞 157
身影 176
鶇的來信 194

跋 212
解說 218

三十五週年版序

很高興臺灣出了新版。

寫這篇小說時我還年輕，而且是在女性雜誌上連載，和文學雜誌不同，有種種限制。所以和我平時傾向寫的小說不同，內容應該算是比較大眾化。

這次的經驗帶給我新的想法，原來可以稍微偏離自己強烈想寫的，學習接受邀稿的樂趣及手法。

我開始覺得，只要和自己的思想沒有太大出入不妨接受邀稿以各種形式琢磨文章，至於自己真正該寫的東西只要針對少數需要者或文學愛好者去寫就行了。

對於年紀輕輕就走紅，打亂了原本低調的人生計畫的我而言，那個想法是唯一的光明。

鶇的個性不是單純的乖僻，也來自她獨自面對「自己或許壽命短暫」這種恐懼的迫切感才會如此激烈。

安撫她那偏激性情的，是西伊豆的風景和家人和狗以及愛情，所以她才會異常率直地面對那些。

彼時年輕的我還不太能妥貼描寫出那個部分，全靠年輕的衝勁補足。

惟願本書對生在沉重時代的年輕人稍有幫助。

吉本芭娜娜

鬼信箱

鶇的確是個討人厭的女孩。

我離開靠著漁業和觀光業安靜運轉的故鄉小鎮，來到東京上大學。在這裡的每一天，也非常愉快。

我是白河瑪利亞，擁有聖母之名。

但我的心一點也不聖母。可不知怎的，來到此地後新交的朋友描述我的個性時，居然異口同聲說我「寬容大度」或「冷靜」云云。

嚴格說來我是個急性子的肉身凡人。不過話說回來，有件事讓我很不可思議。東京人不管是下雨、臨時停課、或者小狗撒尿，動不動就立刻生氣。而我，在這方面或許的確有點不同。怒氣降臨的瞬間後，就會像潮水退去被沙地吸收。

……我本來以為，八成是我在鄉下長大所以步調比較悠哉，不過前幾天，才晚了一分鐘交報告就遭到可惡的教授拒收，氣瘋的我回家時，凝視滿天晚霞，忽然察覺。

這是鶇害的，不，是拜她所賜。

無論任何人，一天起碼會生一次氣。那種時候，我發現自己總是不知不覺在內心深處唸經似的默唸「和鶇比起來這點小事不算什麼」。反正就算生氣，最後也不會有什麼結果——類似這樣的感想，好像是我和鶇相處的過程中切身領悟出來的。況且——凝視著滿天橙光漸漸暗去的天空，我忽然有點想哭。

總覺得，有無窮的愛可以傾注，就像日本的自來水，開著水龍頭怎麼流都流不完。我忽然沒來由地這麼想。

這個故事，是我最後一次回到少女時代居住的海邊小鎮時的夏日回憶。故事裡出現的山本屋旅館眾人，如今已搬至別處，想必再也沒機會與他們共同生活。所以我的心靈歸處，只有當時鶇在的那段日子，如此而已。

鶇從出生時就異常虛弱，身體各種機能都壞了，醫生宣告她活不久，家人也早有心理準備。因此周圍的人都寵著她百般縱容，她母親也不辭辛勞陪她跑遍全國各大醫院，極力試圖稍微延長她的壽命。她就這樣緩慢地逐步成長，養成肆意妄為的性子。能夠勉強像正常人一樣生活的健康狀況更是讓她那種個性變本加厲。鶇不僅刁鑽粗野嘴巴惡毒，而且任性愛撒嬌又狡猾。她抓住絕佳時機用最精準的字眼毫不留情說出別人最大的忌諱時那種洋洋得意的樣子，簡直像惡魔。

我和我媽，住在鶇家經營的山本屋旅館的偏屋。

我爸在東京，為了和長年分居的妻子離婚以便正式與我媽結婚吃盡苦頭。因此，他必須兩地奔波看起來很辛苦，但他倆夢想將來一家三口正大光明在東京生活的日子，其實還挺樂在其中的。所以，我就是這對雖然狀況看似有點複雜，還是很恩愛的夫妻膝下和平長大的獨生女。

山本家是我媽的妹妹政子阿姨的婆家，我媽每天在旅館的廚房幫忙。他們一家人包括經營旅館的正叔，政子阿姨，以及兩個女兒，也就是鶇和鶇的姊姊陽子。

鶇那種誇張個性的受害者前三名，依序應該是政子阿姨，陽子，我。正叔很少接近鶇。不過我把自己列在這名單上好像有點厚臉皮。因為前兩名雖然負責照顧鶇，卻溫柔得已至天使的境界。

說到年紀，陽子比我大一歲，我又比鶇大一歲。但我從來不覺得鶇比我年紀小。她似乎從小就毫無改變，一路惡劣地長大。

身體惡化不得不經常臥床後，鶇的狂暴就變本加厲。為了讓鶇靜養，旅館三樓小巧的雙人房給她一個人住。她的房間視野最好，從窗口就能看見海。那是白天在陽光下波光瀲灩，雨天浪濤洶湧一片朦朧，夜晚總有無數釣魷魚的漁船燈火閃爍的美麗大海。

我很健康，無法想像每天徘徊生死邊緣不上不下的煩躁。儘管如此，多少也覺得如果在那個房間長期臥床，大概會想格外珍惜海景和海潮的氣息。但鶇似乎完全不是那樣，她撕破窗簾，緊閉遮雨窗，打翻飯菜，書架上的書全扔到榻榻米上，把房間搞得一年到頭都像驅魔者作法的狀態，令溫柔善良的家人傷心悲嘆。記得有一次她還真的迷上黑魔法，在屋裡養了大量的蛞蝓、青蛙和螃蟹（最後這個大概是因為住在海邊）聲稱那是「使役魔[1]」，還偷偷放進旅館客房惹得房客抱怨，阿姨與陽子甚至正叔都為鶇的惡形惡狀流淚難過。

但即便在那種時候，鶇還是咯咯笑著說：

「你們啊，要是我今晚就死掉了，事後你們肯定不是滋味喔。哭什麼。」

她的笑容奇妙地看似彌勒佛。

是的，鶇很美。

烏黑的長髮，透明白皙的肌膚，單眼皮的大眼睛，鑲著濃密的長睫毛，垂眼時就會落下淡淡的陰影。血管清晰可見的纖細手腳勻稱修長，全身緊緻嬌小，她

1　使役魔：奇幻故事中，受到魔法師或魔女操縱的怪物、精靈。

的外表精緻得宛如上帝造出的美麗人偶。

打從國中時，鶇就經常蠱惑男同學，和人家依偎著在海灘散步。她像開玩笑似的不停換對象，在狹小的鎮上這樣原本很容易引起流言蜚語，但人們都相信，是鶇的溫柔與美麗令人無法抗拒。因為鶇真的只有「外表」美好得判若兩人。不過，幸好她至少絕對不會對旅館的房客出手。否則山本屋豈不是成了娼寮。

傍晚，鶇會和男生走向海邊可以將日暮天遙的海灣一覽無遺的高聳堤防。暮空有鳥低飛，海浪閃爍碎光靜靜拍岸。只剩下小狗四處奔跑的海灘，如沙漠般遼闊潔白地綿延，點點船帆隨風吹送。遠處有島影朦朧，雲彩隱約閃耀紅光，沉向海的彼方。

鶇走得很慢很慢。

男孩擔心地伸出手。鶇始終低著頭，只用纖細的手拉住他的手。然後，抬頭嫣然一笑。她的臉頰被夕陽照亮，那個笑容，彷彿時時刻刻變幻不定的耀眼晚霞般縹緲。雪白的牙齒，纖細的脖子，定定凝視男孩的大眼睛，全都混入風沙浪濤之間似乎隨時會倏然消失。而且，那是真的，鶇就算隨時消失都不足為奇。

鶇的白裙在海風中不停翻飛。

我雖然嘴上奚落她，虧她能那樣裝得跟真的似的，不過撞見那種場面時，不知怎的我總是泫然欲泣。因為那種令人動容的哀愁光景，就連本該熟知鶇本性的我，內心深處都會為之激盪。

我和鶇真正成為朋友，是因為某起事件。當然，我們小時候也打過交道。只要能忍受她那驚人的惡意與毒舌，和她一起玩其實很有趣。在鶇的想像中，這個小小的漁鎮是無限大的世界，就連一顆沙粒都充滿神祕。她很聰明又愛唸書，雖然常請病假但成績通常名列前茅，而且因為各種領域的書籍都涉獵，知識也很淵博。當然，如果她的腦子不聰明恐怕也想不出那麼多花樣的惡作劇。

鶇和我在小學低年級時玩過「鬼信箱」這個遊戲。山腳的小學後院有一個廢棄的氣象觀測箱，這個遊戲的設定是那裡和靈界相通，來自靈界的信會出現在箱中。我們白天去那裡，把從雜誌剪下的恐怖照片或故事報導放進去，深夜再一起去取回。白天看似尋常的地點，在黑暗中躡足前往也會變得當真很可怕，有一陣子我們都很熱衷這遊戲。不過時間久了之後，便被當時無數類似的遊戲取代，就此遺忘。等我上了國中加入籃球隊，球隊的訓練吃重幾乎沒什麼時間理會鵪了。回到家往往倒頭就睡，況且還有作業要寫，鵪逐漸變成只是「住在隔壁的表妹」。就在那樣的時候，發生了那起事件。我記得是我國二那年的春假。

那晚下著綿綿細雨，我窩在自己的房間。濱海小鎮的雨帶著海水的氣息。夜雨聲中，我的心情跌落谷底。因為當時外公剛過世。我在外公外婆家待到五歲，和外公特別親。即使和我媽搬到山本家後，也經常回去探望老人家或通信。那天，我雖請假沒去球隊練習卻什麼事都沒心思做，哭腫了雙眼靠床呆坐。紙拉門外，我媽說鵪打電話來找我，可我只回了一句「說我不在」。我沒那個精神見鵪。我媽也清楚鵪的厲害，因此說聲「好吧」就走了。我再次坐在地板上隨手翻閱雜誌，就在我昏昏沉沉有點打瞌睡時，走廊那頭響起匆忙走來的拖鞋聲。我吃驚抬頭的瞬間，門已被倏然拉開，濕淋淋的鶫站在那裡。
她喘著粗氣，任由透明的水滴從雨衣的帽子一滴滴落在榻榻米上，瞪著眼悄聲說：「瑪利亞。」
「幹嘛？」
我還在半夢半醒中，仰望滿臉驚懼不安的鶫。鶫用強硬的語氣說：
「喂！醒醒。出大事了，妳看這個。」
然後，她從雨衣的口袋小心翼翼地輕輕取出一張紙直接遞給我。我心想「幹嘛這麼小題大作」，一頭霧水地單手接下，定睛一看，頓時覺得自己突然被推到聚光燈下。
蒼勁有力的毛筆行書，分明是外公令人懷念的筆跡。開頭和他每次寫給我的信一樣，上面寫著：

我的寶貝瑪利亞：

永別了。

好好孝順外婆，爸爸，媽媽。做個不負聖母之名的好女人。

龍造

我大吃一驚，霎時之間，想起外公坐在桌前腰桿挺直的背影不禁滿心感傷。

我急忙問鶫：「這是哪來的！」

鶫鮮紅的嘴唇顫抖，定睛凝視我，用祈禱似的認真語調說：

「妳相信嗎？這封信，就放在『鬼信箱』裡。」

「妳說什麼？」

霎時之間，早已被我忘個精光的氣象觀測箱又浮現腦海。鶫壓低嗓門，悄聲說：「我比你們更接近死亡，所以這種事，我懂。剛才睡覺時，外公突然在我夢裡出現。醒來之後總覺得心裡留個疙瘩，外公好像有話要說。他以前不是也買過很多東西給我，對我很好？夢中也有妳，外公好像有話對妳說，因為他最疼愛妳了。於是我靈機一動，跑去看信箱。結果就……我問妳，妳是不是在外公生前對他提過『鬼信箱』？」

「沒有。」我搖頭。「我應該沒說過。」

「那妳想想看，多可怕啊！」鵺尖叫後，語帶凝重說，「那玩意，真的成了『鬼信箱』。」

鵺將雙掌在胸前緊緊交疊，像要回想剛才冒雨奔向信箱的自己般閉上雙眼。雨聲在黑暗中綿延不絕，我的心也急速脫離現實，被吸入鵺的黑夜。過往種種，無論生死，彷彿都緩緩移向神祕的漩渦，移向另一個真實的場所，飄忽陷入不安的寂靜。

「瑪利亞，我們該怎麼辦？」

鵺已經面無血色，好不容易才擠出聲音，小聲這麼說著看我。

「不管怎樣，」我堅定地說。此刻的鶇看起來楚楚可憐，似乎已被事態的嚴重性給擊垮。「絕對不能告訴任何人。倒是妳，今晚還是趕緊回家，暖暖身子好好睡一覺。雖然已是春天畢竟在下雨，小心又發燒。快回去換衣服吧。這件事情，我們改天再好好討論。」

「嗯，好吧。」鶇飄然起身，說道，「那我走了。」看著鶇走出房間，我說：「鶇，謝了。」

「不客氣。」

鶇說著，頭也沒回，任由紙拉門敞著就走了。

我在地板上呆坐片刻，一次又一次重讀那封信。眼淚滴滴答答落在地毯上。昔日外公嚷著「聖誕老公公送禮物來囉」叫醒我的早晨，看到枕畔的禮包時那種甜美的神聖感又洋溢心頭。我越看越止不住眼淚，緊抓著那封信，哭了很久很久。

當然，我居然信以為真也有錯。

其實我也懷疑過，畢竟，我很了解鶇的作風。

可是那蒼勁的筆觸，字跡，「我的寶貝」這個只有我和外公知道的稱呼。渾身淋濕的鶇那咄咄逼人的強烈眼神，語氣。還有，鶇當時是神色認真地說出平時開玩笑才會說的話——我比你們更接近死亡……唉，我還真的被唬住了。

隔天立刻出現精彩的結局。

我想就那封信詳細詢問鶇，中午過去找她，但她不在。我在她的房間等候時，鶇的姊姊陽子端茶進來，用略帶傷感的聲調說：

「鶇現在人在醫院。」

陽子的身材矮小圓潤。向來溫柔穩重，說話婉轉如歌。無論被鶇怎樣惡搞都只是溫順地面露悲傷，很少生氣。和這種人在一起真的會覺得自己很渺小。鶇總是笑著說「那種傻女人，才不是我姊」，但我非常喜歡陽子甚至很尊敬她。和鶇一起生活照理說不可能毫無情緒，陽子卻能開朗地保持笑容，我覺得她真的像天使。
「鶫情況很糟嗎？」
我擔心地說。因為我懷疑她是昨天冒雨外出才會生病。
「嗯……好像是她最近太熱衷練習書法，所以發燒了……」
「什麼？」我說。
當著錯愕的陽子面前，我仔細檢查鶫桌上的架子。結果發現一本《行書字體練習簿》。還有大量的紙、墨、硯臺、細毫毛筆，最後甚至找到一封想必是從我房間搜刮來的外公寫的信。
比起憤怒，我首先感到的是錯愕。
我暗想，犯得著非得做到如此地步嗎？向來難得拿毛筆的她，執意要捏造到那種地步究竟是為了什麼？從哪來的執念？我完全不明白。春陽照進室內，我茫然朝窗口轉頭，凝視微微發光的海面，一逕陷入沉思。陽子正要開口問我發生什麼事時，鶫回來了。

她燒得滿臉通紅，雙腳無力地倚靠政子阿姨，一走進房間看到我的表情就得意一笑。

「被妳發現了？」她說。

那瞬間，羞憤交加令我漲紅了臉。接著我猛然站起，用力推鶫一把。

「瑪、瑪利亞！」陽子驚呼。

鶫砰的一聲倒向紙拉門，整個人向後一栽狠狠撞上牆。「瑪利亞，鶫她現在——」阿姨還沒講完，我就撲簌落淚說：「阿姨妳別說話！」然後凶狠地瞪鶫。我實在太生氣了，連鶫都不敢開口。從來沒有人推過鶫。

「如果妳閒得只能做這麼爛的事，」我把《行書字體練習簿》摔到榻榻米上說。「那妳現在就去死吧，死掉算了。」

那瞬間，鶫大概醒悟此刻如果不做某件事我就打算和她永遠絕交，而我也的確是抱著那個打算。鶫保持栽倒在地的姿勢，清澈無偽的眼眸凝視我的眼。接著，她低聲說出過往人生中無論發生任何事、任何時候都絕對不肯說的字眼。

「瑪利亞，對不起。」

阿姨和陽子固然詫異，但最驚訝的還是我。我們三人屏息陷入沉默。鶫居然會道歉……這怎麼可能。我們在燦爛照耀的陽光中，就此靜止。只有遠方吹過午後小鎮的風聲遙遙傳來。

「嘻嘻嘻！」鶫的笑聲突然打破寂靜。「不過話說回來，妳居然相信了，瑪利亞！」鶫笑不可抑地扭身說。「搞什麼啊，妳用常識想想看好嗎！死掉的人怎麼可能寫信嘛，妳也太蠢了吧，哈哈哈……」

鶫似乎已按捺不住一直憋著的笑意，捧腹笑得東倒西歪。

連我也跟著噗哧一笑，紅著臉說聲「真是敗給妳了」笑了起來。於是，當著愣怔注視我們的阿姨和陽子面前，我倆重述那個雨夜的對話，不停地哈哈大笑。

是的，從那件事起，我和鶫不管是好是壞都真的變成好友了。

春天與山本家姊妹

爸爸在今年初春和他的前妻正式離婚叫我們母女去東京團聚。反正我也報考了東京的大學，正好爸爸的通知和放榜的時期重疊，因此我和我媽都對電話鈴聲變得非常敏感。偏偏在這種節骨眼，鶇老是故意一天打好幾次電話來，單純只是想擾亂我們地說些「沒事，就是問候一下」或者「櫻花凋落了」這種廢話。不過，這陣子恰好我和我媽都心情亢奮，所以每次都可以快活地用「哎呀是鶇啊，下次再聊喔」來打發她。

那時，我和我媽都充滿「終於要搬去東京」這種興奮的光明預感。換言之，那是冰封後的雪融。

長年來，我媽真的是在山本屋旅館一邊愉快工作一邊等待。至少，她看起來並不怎麼委屈。不過那也是因為她的言行舉止如此表現，才能把痛苦控制在最低限度，或許正因為我媽不計較的開朗態度，我爸才願意頻繁來訪，使我媽不至於絕望。我媽絕非堅強的人，但她在無意識中留心讓自己堅強。有時我會聽見我媽對阿姨訴苦，不過她都是笑嘻嘻地訴說，因此儘管內容悲慘，聽起來卻往往一點也不像訴苦，阿姨雖然笑著點頭附和，似乎也不知該如何接話才好。不過，就算周遭的人對她再怎麼好，終究還是前途未卜寄人籬下的小老婆。她肯定也有很多時候內心充滿不安疲憊得想哭。我覺得好像可以理解我媽那種心情，因此也不曾有過叛逆期就這麼長大了。

就在這個和我媽相依為命等待我爸的海邊小鎮，不知不覺為我展現了許多東西。

隨著春天接近，一天比一天暖和起來，一旦想到要離開，山本屋老舊的走廊，夜晚會有很多蟲子飛來的招牌燈光，從動輒有蜘蛛結網的曬衣場可以看見的群山，這些早已見慣的日常風景，似乎都帶著柔和的光暈，清晰逼近我心頭。

最後那段日子，我每天早上都帶緊挨在後面的田中家養的「波奇」這隻名字平凡的秋田犬去海邊散步。

清晨的海，每逢天氣晴朗時總是特別明亮。海浪碎成數億片粼粼波光，看似冰冷地反覆湧來的情景，不知怎的有種難以親近的神聖感。我坐在堤防最前端看海時，波奇就會自己在海灘四處奔跑，讓那些釣客逗弄牠。

不知幾時起，鶇也加入了這個晨間散步。對此我非常開心。

以前波奇還是小狗時，鶇老是欺負波奇，還曾經被狠狠咬到手。當時，我和陽子、政子阿姨還有我媽四人正準備吃午餐。阿姨嘀咕「鶇跑去哪裡了」時，臉色慘白的鶇就手上血淋淋走進屋內的那一幕我至今還記得。「妳這是怎麼搞的！」阿姨說著慌忙站起來，鶇卻異常冷靜說「被別家的狗咬到手」的場面實在太荒謬，我和陽子還有我媽不禁噗哧笑出來。從此，波奇和鶇就相看兩厭，鶇每次從後門出入，波奇都叫得很凶，大家擔心這樣會吵到客人，當真很苦惱。我和雙方關係都很好，為此一直有點耿耿於懷，所以臨走之際很欣慰能夠看到雙方和解。

如果沒下雨，鶇就會跟著出來散步。早上我一打開遮雨窗，波奇聽到聲音就會興奮地從狗屋衝出來。我急忙洗臉，換好衣服出門，悄悄打開山本屋和田中家的院子之間那扇籬笆門，按住把鏈子弄得嘩嘩響跑來跑去的波奇，給牠換上皮繩。然後再次穿過籬笆門，不知幾時鶇已在那裡等候了。起初波奇似乎很排斥，鶇也提心吊膽有點害怕，所以散步的氣氛有點沉悶，不過習慣之後，波奇也願意讓鶇牽著皮繩了。在晨光中，一邊抱怨「你急什麼」一邊興奮地被波奇拽著走的鶇非常可愛。我心想，啊，鶇其實也想和波奇做朋友吧……為此很感動，可是波奇如果領頭跑太快，鶇就會用力扯繩子讓波奇被勒得只能用後腳站立，所以我還是得隨時盯著。否則萬一害死別人家的狗就麻煩了。

對鶇來說這種程度的運動似乎恰到好處。自從鶇加入後，我就把散步的距離縮減一半。即便如此我還是很擔心，不過鶇的氣色變好了，也沒發燒，我這才安心。

就在某天早上散步時。

那天天氣晴朗萬里無雲，大海和天空都是有點甜美的碧藍色。一切在光芒中形成光暈看似耀眼的金色。海灘中央豎立著木頭搭建如塔樓的瞭望臺。我和鶇爬樓梯走上那個夏天會有救生員駐守的瞭望臺。波奇起初羨慕地在下面團團轉，後來知道自己爬不上去就放棄了，逕自沿著沙灘跑到遠處。鶇真的很壞心眼地大喊：「活該！」波奇汪了一聲。

「妳幹嘛那樣說。」哭笑不得的我說。

「反正小畜生也聽不懂。」

鶇笑著眺望大海。細碎的瀏海在額前緩緩飄動。因為盡情奔跑而發紅的臉頰幾可看見微血管，雙眸映現大海閃閃生輝。

我也看著海。

海很神奇，無論二人對著海沉默或說話，不知怎的最後都會變得無所謂。絕對不會看膩。不管是濤聲，或是海面，就算如何洶湧起伏也絕對不會覺得嘈雜。

我實在無法相信自己將要搬到沒有海的地方。因為太沒有真實感，甚至不可思議到有點不安。無論好的時候或壞的時候，天氣炎熱人潮擁擠時，或者寒冬的星空下，乃至新年來臨去神社拜拜時，只要往旁一看，海永遠一如既往地在那裡，不管在我小時候，或是長大後，無論是隔壁的老奶奶死去，或是醫生家的小寶寶誕生，也不分第一次約會，或是失戀時，海永遠遼闊地靜靜環繞小鎮，規律地潮起潮落。視野良好的日子可以清楚看見海灣的對岸。縱使看海時沒有特別代入感情，海似乎也會教我們某種東西。過去對於它的存在，以及那不斷拍岸而來的浪濤聲，我從來沒有認真想過，但在都市，人們究竟是對著什麼來取得「平衡」呢？果然還是只能靠月亮嗎？但月亮和大海比起來委實太遙遠太渺小，想想都有點徬徨不安。

「鶇，我無法相信自己將在沒有海的地方生活。」

我不禁脫口而出。說出口後越發感到清晰的不安。晨光一刻比一刻明亮發白，遠處傳來鎮上開始一日生活的各種聲音。

「笨蛋。」鶇突然生氣似地直視前方說。「有得當然也有失。妳不是終於可以一家三口團圓了嗎？連前妻都趕走了。和那個比起來，區區大海算什麼。妳也很幼稚欸。」

「說得也是。」

鶫回答得太正經，令我暗自驚訝地說。因為太驚訝，一瞬間甚至閃過一抹不安。如此說來，鶫也獨自在心中有過什麼得失嗎？鶫向來態度明確地堅持所謂的「自我」，看起來實在不像會得到或失去什麼，所以我忽然覺得好像和鶫對上頻道，有種莫名的惆悵。

鶫是否一直隱藏那種心情沒告訴任何人呢？

我就這樣逐一收拾未了的遺憾，著手準備離開家鄉。也見了一下許久未見的國中同學，以及高中交往過的男孩，告知自己即將搬家。我深深感到，這種規矩大概是遺傳自我媽。我媽或許因為自己身為小老婆，因此待人接物格外守規矩。要搬家時也是，我本來打算瀟灑離去不告訴任何人，我媽卻依依不捨地四處和附近鄰居公然道別，我心想，在這麼小的鎮上肯定會立刻廣為人知！於是決定改變方針，不管是誰只要想見的都去見一面。也開始慢慢收拾房間的東西。

那是美得璀璨又令人心痛的作業。就像海浪。因為我知道，這樣自然的離別雖然難以避免但絕非不幸，無論這項作業進行到哪一步，只要驀然駐足，便有遠比痛苦更傷感令人動容的感情不斷湧現我心頭。

鶇的姊姊陽子和我一起打工。工作地點是在貫穿小鎮中央那條馬路旁的蛋糕店，不管怎麼說畢竟鎮上只賣西點的僅此一家，所以頗有名氣（好像也沒什麼好驕傲的……）。

那晚，我要去領最後一筆打工薪資時，特地配合陽子的晚班時間。最後果然如我所料，由我倆平分賣剩的蛋糕，之後我們一起回家。

陽子把二人份的蛋糕輕輕放進車籃，推著腳踏車。我在旁邊緩緩步行。通往山本屋旅館的河邊那條碎石子路，最後來到大橋。遠處就是出海口，河流朝著大海靜靜流去。月光和路燈明晃晃照亮河水與欄杆。

「橋下有好多花。」

走到那座橋時，陽子突然看著下方說。水泥固定的橋畔堤防，有一點點泥土的地方開了很多白花，隨夜風款款搖曳。

「真的耶。」我說。

繁花在黑暗中潔白浮現。每次隨風一齊嘩地搖曳時，彷彿迷夢中留下白色殘影。河水就在一旁潺潺流過，遙遠的前方是夜晚的海，海面有皎潔的月光如一條路徑，閃爍生輝的同時也像是黑漆漆地無盡蜿蜒。

能夠視若尋常地看到如此美景的日子，也已所剩無幾了呢，我在心中悄悄這麼想。以免最近特別愛哭的陽子聽了又要傷心。

我倆稍微駐足。

「好美啊。」我說。

「嗯。」

陽子微笑。

她的長髮在肩頭飄然晃動。和鶫比起來雖然不起眼，但陽子擁有高貴的容貌。而且姐妹倆雖在海邊長大，不知為何膚色都很白皙。在如此明亮的月光下，陽子更顯蒼白。

隨即，我們再次邁步朝家門走去。再過十分鐘，四個女人想必會一團和氣地分食此刻在腳踏車籃裡晃來晃去的蛋糕吧。那一幕如在眼前。電視的聲音，榻榻米的氣息。我和陽子想必會說聲「我們回來了」走進明亮的室內，去找我媽和政子阿姨。鶫雖然總是唾棄「妳們帶回來的免費蛋糕我已經吃膩了」，八成還是會拿三個愛吃的蛋糕躲回她房間吧。「對於全家和樂融融厭煩得想吐」的鶫，向來如此。

即便走進已經看不見海的巷弄，唯有濤聲似乎還跟著我們。月亮也一路尾隨。直到老舊屋頂的更遠方。

雖然如此美好的時光就在眼前，我倆的心情還是有點沉鬱，只是淡然繼續邁步。或許是因為這天我辭掉了打工。我們這對要好的表姊妹曾經共渡漫長歲月，相對的也有如許離愁，猶如幽微的旋律流淌。對於陽子那種恰似透過陽光篩落花瓣剪影的溫柔個性，或許我又有了新的體認。不，那時還不以為意。我倆只是說著沒營養的廢話，笑著漫步。然而，無論當時自以為多麼快樂，事後回想起來，還是只有那晚的夜色和電線桿以及垃圾桶的影子黑壓壓地重現腦海。如今想來，那晚的確是這樣。

「瑪利亞，妳說要打烊的時候來，我就猜想店長一定會把賣剩的給我們倆，一直很期待呢。太好了。」陽子說。

「對啊，有時就算有賣剩的也不會給我們，也有時全賣完了，今天運氣真好。」我說。

「回去以後，大家一起吃蛋糕吧。」

陽子戴著圓眼鏡的溫柔側臉露出笑容。

「對了，趁著被鶫搶走前，我一定要把蘋果派留起來自己吃。她最愛吃蘋果派了。」

說來丟人，那時我想必是費了很大力氣才說出來。

「那，這一盒只裝了蘋果派，這個就別讓鶇看到好了。」

陽子又笑了。

不管是誰怎樣耍任性，聰明的陽子都會如沙地吸水那樣全然接納。她身上有種環境培養出來的明快冷靜。

撇開鶇的個性比較特殊先不談，我知道學校有幾個同學，和陽子一樣是「旅館家的女兒」。她們就算類型各不相同也擁有某種共通點。雖然純粹只是一種氛圍，但是感覺上，她們都很懂得冷靜處理人際關係。或許是因為從小就冷眼旁觀太多人在自己家中住上一陣子又離開吧。她們淡化離別，坦然接受離別伴隨的種種情緒，就連自己的內在感受或許都很擅長視而不見。我不是旅館的孩子，卻有類似之處，總覺得自己好像也有那種特性。似乎很擅長若無其事地逃避感情的痛苦。

不過，對於離別，只有陽子的態度不同。

小時候，如果在旅館打掃客房的時間跑來跑去，長住的客人就會問我「是這家的孩子嗎」然後逐漸熟識起來。即便只是面識，互打招呼也很愉快。還有，就像有些客人真的很討人厭，同樣也有真的很好的客人。不分男女，只要有那種人在，彷彿舉座生輝，在廚房和兼職的員工之間也會很受歡迎，時常受到議論。那種客人離開時，在他打包行李上車揮手離去後，空蕩蕩的午後客房內，光線看起來異常刺眼。會讓人恍惚思忖：那個客人明年肯定還會來吧，可是那個明年好遙遠。之後又有新的客人進來，我們已經看過太多太多那樣的情形一再重演。

旅遊旺季結束，到了客人驟減的初秋，我刻意用嬉戲笑鬧來熬過那種冷清，但陽子一臉無精打采，看到要好的小玩伴遺留的東西，甚至還會掉眼淚。那種情緒在心中其實只佔了極小部分，我想任誰都可以輕描淡寫地就此帶過。如果看到那個顯然只會寂寞感傷，因此越有機會面對那個的人，越熟諳如何處理這種小小的落寞。可是陽子相反，她似乎很珍惜自己這種心情，一直小心翼翼地守護。肯定是不想失去吧。

彎過轉角，便可看見「山本屋旅館」的招牌燈光在樹叢中發亮。看到那個以及成排的客房窗子，我總是會稍微鬆口氣。無論是燈火通明擠滿客人，或是空蕩蕩的一片昏暗，都會覺得被寬大的懷抱迎接。繞到後門打開山本家的玄關門，陽子會喊一聲「我們回來了」。那個時間我媽通常不是還在旅館那邊，就是在山本家的客廳喝茶。按照慣例，等到吃完蛋糕我和我媽就會回偏屋。一直，都是如此。

「啊，對了。」我邊脫鞋邊想起，說道。「之前妳說想錄歌的唱片，我要送給妳。我現在就拿來吧？」

「啊？那多不好意思。那是兩張一套吧。只要錄成卡帶給我就好了。」陽子愕然說。

「沒關係，反正我本來就不打算帶走，妳正好幫我解決。」我暗想不妙，卻停不住嘴。「就當作是餞行的禮物。咦？要走的人是我，好像不能叫做餞行？」

定睛一看，陽子低下頭，站在玄關門口的黑暗中正給腳踏車蓋上罩子，已是滿臉通紅淚眼盈盈。

她過於誠實的眼淚，在那一刻也令我不知所措，我故意假裝沒發現，逕自進屋後，背對著她說：

「快進來吧。我們一起吃蛋糕。」

「嗯。」

陽子猛然抹去眼淚，用鼻音應聲，清純的陽子肯定以為別人都不知道她愛哭。

十年來，我就像被一張各種事物織成的巨大紗網守護。如果沒有任何人從那裡出來，絕對無法察覺那種溫暖。除非到了永遠無法回去的地步，否則甚至不知道自己身在其中，就是那樣溫度適中的紗網。那是海，是小鎮全體，是山本一家人，是我媽，是住在遠方的爸爸。那樣的一切在那段日子悄悄包覆我。我一直過得幸福快樂，有時卻也覺得那段日子無比悲傷地令人懷念。那種時候，首先重現腦海的，總是在海灘和狗玩的鶇，以及笑咪咪推著腳踏車走過夜路的陽子。

人生

和我們母女開始一家三口的生活後，我爸似乎每晚回家都開心極了。興奮得令人莞爾。看到爸爸每晚必定抱著壽司或蛋糕回來，嚷著「我回來了」滿臉笑容地開門進來，我都有點擔心：「這人在公司到底有沒有好好專心工作啊？」每逢週末，他會開車帶我們母女走訪東京各家名店和美味餐廳，再不然就親自下廚，而且雖然我再三聲明沒有也無所謂，他還是利用假日做木工，給我的書桌擺上書架，簡直忙壞了。他是「遲來的居家好爸爸」。但他那種熱情，的確抹去了卡在我們三人之間的不安渣滓。歲月造成的隔閡消失，家庭開始圓滿運作。

那晚，爸爸悲傷地在傍晚打電話回來：「今天得加班……」我媽早早就睡了，之後我在餐桌前邊寫報告邊看電視時，爸爸回來了。他一看到我就高興地笑了，「妳還沒睡啊。」他說，「妳媽已經睡了？」

「嗯。」我說。「只有味噌湯和魚，要吃飯嗎？」

「好啊。」

爸爸說著乒乒乓乓拖出椅子坐下，脫掉西裝外套。我開火熱湯，把盤子放進微波爐。深夜的廚房點亮活力。電視靜靜發出聲音。爸爸突然說：

「瑪利亞，要不要吃仙貝？」

「什麼？」

我轉頭，只見他從公事包窸窸窣窣地取出用紙小心包好的兩片仙貝放到桌上。

「一片是給妳媽的。」

「那是哪來的？怎麼就這麼一點？」我驚訝地問。

「沒有啦，是今天中午客戶帶來的。我一吃之下發現太好吃了，所以又拿了妳們的份。真的，那個超好吃。」

爸爸毫不羞愧地解釋。

「沒人說你這樣很像在家偷偷養狗的男生？」

我笑了。一個大男人居然在公事包偷藏兩片仙貝帶回家。

「東京這個地方的蔬菜完全不行，魚也難吃得要命，唯獨仙貝好吃得足以傲視別處喔。」

爸爸大口吃著我替他盛的飯和味噌湯，如此說道。我從微波爐拿出魚放到他面前。

「我嚐嚐。」我說著也在桌前坐下，拿起仙貝。感覺就像第一次拿到仙貝的老外。一吃之下，醬油濃郁的焦香味非常可口。聽到我這麼說，爸爸滿足地點頭。

剛來東京時，我曾偶見下班的爸爸。當時我看完電影出來，正在辦公大樓林立的十字路口等紅綠燈。大樓的所有窗子，就像鏡面一樣纖毫畢現地清晰映出滿天晚霞。正逢下班時刻，大批穿西裝的人和脫下制服換回花花綠綠便服的粉領族聚集在交通號誌前等待綠燈亮起。風也和人們的表情一樣帶著淡淡的疲憊，大家帶著似乎有目標又似乎沒有的模糊笑容交談。沉默的人看起來有點寂寥。

驀然間，我覺得走在馬路對面那頭的男人格外惹眼，結果那不是別人，正是爸爸。爸爸竟然也會表情嚴肅地走路，令我深感不可思議。那是他在家看電視即將打瞌睡時才會流露的表情。我興味盎然地凝視爸爸「對外的面孔」。這時，一個女職員從爸爸的公司大樓走出來，大聲叫住爸爸。我在馬路對面從頭到尾看得一清二楚。她手裡抱著看似裝了公文的信封。被叫住的爸爸東張西望後終於發現她，嘴巴翕動似乎在說「啊，抱歉抱歉」然後笑了。氣喘吁吁跑來的她把信封交給爸爸後嫣然一笑，低頭行禮，隨即又走回大樓。爸爸說聲再見，抱著信封，也快步走向車站。這時燈號改變，人潮倏然湧動。我遲疑片刻不知是否該追上去，但是已經晚了一步，只好作罷，在暮色昏黃的街頭思考了一下。

那個單純只是忘了拿東西的事件雖只有短暫一瞬，卻自然而然令我窺見爸爸過往的生活。那是爸爸漫長的生活。就像我和我媽在那海邊小鎮生活的漫長歲月，爸爸同樣也在這裡生活。他和前妻爭執，去工作，做業績，吃飯，像剛才一樣忘記拿東西，有時想起居住在遠方小鎮的我與我媽。對我們母女而言是生活場所的小鎮，對爸爸而言是否卻是週末才能造訪的避風港？他是否也曾想過拋棄我們？嗯，我想，一定有過。就算一輩子不說出來，內心深處一定也有覺得一切都很煩的時候吧。只因狀況太奇妙，我們三人反而像拿到「典型的幸福家庭」這個劇本的人們一樣變得溫柔體貼。每個人，都在無意識中努力不讓想必沉睡在心底的愛恨糾葛表露出來。我想，人生全靠演技。就算意思和「幻想」完全相同，也比後者這個字眼於我更貼近。就在那個傍晚，我在人潮擁擠中霎時萌生那種真切感受。人人都是懷抱人生每個階段的心情，帶著所有好與壞的混沌，獨自扛起那個重擔活下去。一邊仍期盼能對身邊喜歡的人們盡量好一點，儘管孤獨。

「爸，不要太勉強自己導致過熱故障喔。」我說。

爸爸抬起頭愣住了。

「勉強什麼？」

「我是說，一下班就趕回來，或是買伴手禮回家，給我買衣服之類的，這種事做太多也會累吧？」

「最後那一項是哪來的？我可沒做過。」

爸爸笑了。

「那是我的希望啦。」

我也笑了。

「過熱故障又是什麼意思？」

「就是忽然厭倦家庭，或者出軌、酗酒、拿家人出氣之類的。」

「說不定哪天也會有那種情形噢。」爸爸再次笑了。「不過現在，我光是要找回和妳們的生活都忙不過來了。等了這麼多年，終於擁有以前嚮往的生活，我很開心。世上雖也有人真心享受單身生活，但我本來就是嚮往小家庭的居家型。所以才會和前妻關係失和。她討厭小孩，最愛出門四處逛。也不擅長做家事。當然這種人的存在也是理所當然所以沒什麼，但我想要的是每天可以一起在家看電視，星期天雖然嫌麻煩還是會陪家人出門的幸福家庭。錯就錯在我和她這樣的人喜歡上彼此。只要想到和妳們分隔兩地的漫長時間，以及期間的種種寂寞，就會明白身邊人的重要。當然或許有一天我的想法改變，也可能會傷害妳或妳媽，但那也是一種人生。如果將來大家的心靈真的不再契合，走到了那一步，就算為了那天的來臨，現在也該創造更多美好回憶。」

爸爸暫停用餐，淡然表示。我覺得他這番話說得很有哲理，發人深省，心裡好像緩緩滲出住進這裡後頭一次感到的某種親密。

「我想妳媽肯定也有很多感觸。她雖然沒說出口，畢竟是離開了長年居住的地方。」爸爸不勝感慨說。

「怎麼說？」

「不信妳看，」爸爸用筷子夾起烤竹莢魚。「最近的晚餐，幾乎每晚都有魚。」

被他這麼一說還真是。想像我媽在魚攤前駐足的模樣，我陷入沉默。

「妳不是大學生嗎？我看妳晚上好像都在家，難道沒有聯誼或打工之類的活動？」爸爸突然說。

「啊？我又沒有加入社團，哪來那麼多聯誼可以參加。而且我也沒有打工。幹嘛突然說這種好像看電視學來的知識？」

我笑了。

「我很想嘮叨妳一次『怎麼每天都這麼晚回來』。」

爸爸也笑了。

悄然留在桌上給我媽的那片仙貝，訴說著我們一家的幸福。

即便如此，有時還是會思念大海甚至無法成眠。自己也很無奈。

常去的銀座街頭，有時會因風向倏然飄來海水的氣息。不是騙人，也沒有誇張，那一瞬間，我真的差點叫出來。全身驟然被那種氣息吸引，哀愁得無法動彈。很想哭。那種時候多半天氣晴朗，遠處是蔚藍澄淨的無垠天空，我很想扔下手裡抱著的山野樂器和春天百貨的購物袋拔腿就跑，站在那沾染潮水的骯髒堤防上盡情嗅聞海水味。如此強烈的衝動肯定也會在某一天淡去的悲傷，或許就是所謂的鄉愁。

前幾天和我媽走路時也是。非假日的白天，行人稀少的大馬路上，剛從百貨公司出來就迎面吹來強風，帶來海水的氣息。我倆立刻察覺。

「哎呀，是海水味。」我媽說。

「對呀，因為那邊就有那個嘛，那個晴海埠頭。」

我指著那裡說。就像是調查風向的人。

「是啊。」我媽微笑。

我媽說想去公園入口的花店買花，於是我們走向公園。遠方可見公園飽含水分的耀眼綠意。那格外襯托出梅雨季短暫放晴的寶貴藍天。就在我們與開往晴海的公車錯身而過時，龐大車身的聲音縈繞耳邊。

「要不要喝杯咖啡再回去？」我說。

「不了，還是趕緊回去吧。我下午還要上插花課，妳忘啦，妳爸明天不是要出差。如果不弄好飯菜全家一起吃晚餐，他肯定又會失望，真是的，他就像小孩子。」我媽說著，直視前方的臉上露出笑容。

「只是現在而已啦，我想，他鐵定很快就會適應了。」我說。

開始家庭主婦的生活後，我媽的笑臉也變得圓潤。微笑的輪廓似乎在溫煦的陽光中緩緩擴散波紋。

「瑪利亞，妳交到朋友了嗎？應該有吧，那麼多電話打來找妳。大學生活愉快嗎？」

「幹嘛這樣問？當然愉快。」

「因為妳在那邊的時候總是和陽子還有鶇像親姊妹一樣形影不離。我怕妳會寂寞。我們家太安靜了。」

「是啊。」我說。「的確少有聲音。」

穿梭走廊的匆忙腳步聲。廚房的蓬勃生氣，大型吸塵器發出的聲音，旅館櫃檯響起的電話鈴聲。總是有很多人在同一個屋子裡吵吵鬧鬧，五點和九點時社區自治會催促孩童回家的廣播會從全鎮所有的喇叭傳出。還有濤聲，汽笛，鳥叫。

「寂寞的肯定是媽媽吧。」我說。

「對呀。雖然早就知道不可能永遠寄居在那裡，能跟妳爸一起生活當然也很高興，可是以前大家一起熱鬧生活的感覺就像海鳴始終無法從心裡抹去。」

說完後，我媽以手掩口呵呵呵地笑了。

「瞧我，簡直是詩人。」

那時我真的還很小所以只有模糊印象，如今想來卻是令人莞爾的回憶。夏天，玩累的我在晚餐後直接躺在矮桌旁看著電視打瞌睡時，爸媽開始談話。我不經意醒來，微微睜眼近距離凝視榻榻米的紋路聽他們的對話內容。那種情形經常發生。爸爸總是滔滔不絕說「東京的妻子不肯離婚」或是「不能永遠把妳們母女丟在這種地方」云云。更年輕時的爸爸個性喜歡鑽牛角尖，看起來老是很苦惱，他認識我媽後才開始修正那種個性。我認為他已經改變了很多。我媽個性非常樂觀。那時候，我媽說：

「你這樣講話很沒禮貌，什麼叫做『這種地方』。」

「不是，我只是順口說說啦。當然政子對妳而言是親妹妹。可是，寄人籬下整天做吃重的工作，能夠算是幸福嗎？」

爸爸又開始絮絮叨叨講這種話。就連背對他們躺著的我都能感到，我媽已經很不耐煩了。她最討厭別人訴苦。

「你給我閉嘴。」我媽長嘆一口氣後說。那句話到現在我都記得很清楚。每當緊要關頭，幾乎總會浮現腦海。「如果老是講那種話，將來進棺材時還會抱怨不滿喔，你知道嗎。」

我也想起鵺。

「妳爸真是個 PON。」

在鵺的房間拷貝錄音帶時，鵺忽然感慨萬千地這麼說。那是個陰霾的午後。

海浪洶湧看起來很嚇人，這種天氣陰霾的日子，鶇對人的態度總是會稍微溫柔一點點。阿姨說過，或許是因為鶇在襁褓時，曾經差點在這種天氣的日子死掉。

「PON？妳是說平凡的凡？」我問。

「笨蛋，是少爺（PONPON）啦。好人家的少爺，養尊處優的大少爺，懂了嗎？」

鶇任由頭髮披散在雪白的枕套上躺著，有點發燒的她滿臉通紅地笑了。

「是啊，好像真的是這樣。不過幹嘛這麼說？妳為什麼這樣覺得？」

「對啊，他不是老是庸人自擾地想些沒結果的事嗎？明明個性軟弱偏要自命清高的個性和妳一模一樣，不過就連妳都不會軟弱到那種地步。我總覺得，他對現實毫無招架之力。」

鶇的話言之成理因此我甚至無法生氣。

「沒關係。所以他才能跟我媽那種人合得來吧？」我說。

「說得也是。比起我這種整天臥病在床的苦命人要來得暖心多了。總比躺在被窩裡學些亂七八糟的東西好。這種說法好像有點下流是吧。總之，如果和妳爸在走廊遇上，聽到他說『啊，小鶇，如果在東京有什麼想要的盡管說，我去買』，連我這種人都會忍不住對他報以微笑。」

鶇看著我，笑了。午後的房間裡，看書用的燈光異樣發白，平靜的旋律始終不絕。我們傾聽那旋律直到錄音帶播完，一邊默默看雜誌。安靜的室內，只有翻頁聲嘩啦嘩啦地不斷重複。

那就是鶇。

離開之後我格外理解鶇。

為了不被人看穿，鶇看起來像是極盡所能惡搞（當然本質想必也絕對是）。而只要有心想必誰都見得到、地球上哪都能去的我，卻好像會被待在小鎮上理應動彈不得的鶇遺忘。因為鶇從不回顧過去。因為鶇永遠只有「今天」。

某晚，電話響了，我接起電話「喂」了一聲，頓時傳來鶇的聲音說「是我」。

故鄉的光與影驀然跳入腦海，眼前一片雪白。我大聲說：

「哇！最近還好嗎？好想你們喔，大家都好嗎？」

「妳好像還是這麼蠢啊，瑪利亞，有沒有好好用功讀書？」

鶇笑了。一旦開始交談，眨眼之間就拉近距離，又變回近在身旁的表姐妹。

「嗯，有啊有啊。」

「妳老爸沒搞外遇吧？人家不是說有二就有三。」

「才沒有。」

「是嗎，我想晚點我老媽也會正式告訴妳媽，明年春天，我們旅館要關門了。」

「啊？不做了？」

我吃驚地問。

「對呀。我老爸不知在想什麼，說要蓋歐式民宿。要和有土地的朋友共同經營。他居然說那是他的夢想，很好笑吧。也太童話了。他還說要讓我姊陽子繼承，所以就這樣。」

「妳也要去？」

「反正死在海邊或山裡都一樣。」

鶇真的是很無所謂地說。

「是喔，山本屋要關門了啊，真可惜。」

我很失落，如此說道。我一心以為那些人會永遠不變地在那個小鎮生活。

「總而言之，妳暑假反正閒著也沒事吧？來玩吧。我老媽說妳可以睡客房，還說要請妳吃生魚片。」

「嗯，我去。我當然要去。」

腦海彷彿映現了古早的彩色八釐米電影，小鎮風景和山本屋的內部情景一幕幕浮現。鶇躺在那個見慣的小房間，握著話筒的纖細手臂也歷歷如在眼前。

「那就這麼說定了。等妳來喔，對了，我老媽要跟妳媽講話，她上樓來了，拜託一下。」鶇慌忙說。

「嗯，我叫她來聽。」

然後，我呼喚我媽。

就這樣，我決定前往山本屋度過最後的夏天。

外人

不知為什麼。
每當船靠近港口時，打從以前就覺得自己有點像是外人。
就連當時住在那個小鎮，搭船稍微出趟遠門後又搭船回來時也是。不知怎的只覺得自己來自外地，有種遲早又會離開這港口的預感。
想必是因為從海上遙望燈火闌珊的港口時便已深知，無論何時何地，多少都是孑然一身的局外人。

已是暮色昏黃。
夕陽下閃爍粼粼波光的海浪，以及橙紅色天空的遠方，已可看見猶如海市蜃樓般渺小模糊的碼頭。老舊的喇叭傳來船抵終點的音樂，船長報出故鄉的鎮名。

外面想必還很熱，但船內的冷氣太強甚至嫌冷。

直到從新幹線轉乘快船時為止，我的心情一直異常興奮，但是隨著波浪起伏小睡片刻後，就變得心如止水。我抱著剛睡醒的懶洋洋心態稍微直起上半身，從被海水弄得模糊不清的船窗，遠眺那令人懷念的海岸猶如一格格幻燈片逐漸接近。

汽笛響起，船畫出巨大的弧形拐進堤防的前端。我發現，就在逐漸接近的港口豎立的招牌處，鶇一襲白洋裝抱著雙臂倚靠那行「WELCOME」文字。

船緩緩前進，猛然停止。船員拋出纜繩，架上梯板。暮色已近，乘客在暗淡的光線中魚貫下船。我也站起來，拎著行李，加入下船的隊伍。

才跨出一步，外面的空氣就熱得嗆人。鶇大步走來，沒說好久不見，也沒問我過得還好嗎，只是板著撲克臉說：「這麼慢。」

「妳一點也沒變。」我說。

「我都快被曬乾了。」

鶫依然笑也不笑地說，率先快步走出。我也沒說話，只是吃吃偷笑。因為這個迎接方式太有鶫的作風令我湧現無限歡喜。

山本屋分毫不差地待在原先的位置，一眼望去頓時有種異樣感。好像忽然遇見某種古老的夢境出現的古老房屋，感覺很不真實。

儘管如此。

「喂！吃白食的醜八怪到囉！」

鶫對著敞開的正面玄關這麼一喊，一切立時恢復原有色調。

屋後有波奇汪汪叫，政子阿姨笑嗔「鶫妳胡說什麼」一邊從裡屋走出來。陽子也露面了，笑咪咪地打招呼說「瑪利亞，好久不見」。一下子又回到從前，我莫名地激動起來。

擺在玄關的成排海灘涼鞋，昭示著最後一個夏天的生意興隆。一聞到屋子的氣味，頓時想起生活的節奏。

「阿姨，有什麼要幫忙的嗎？」我說。

「不用不用，妳去裡屋和陽子喝茶。」

阿姨笑言，又跑回聲音嘈雜的廚房去了。

是的，按照山本屋的作息時間，這正是陽子每次要去打工前填飽肚子的時刻。也是姨丈和阿姨忙著準備晚餐，最手忙腳亂的時段。週而復始的每一天，時間永恆不變地照常流動。

陽子果然在裡屋正要吃飯糰，她在矮桌上取出我以前用的茶杯替我倒茶。

「喝茶。」她遞來茶杯，雙眸亮晶晶地對我莞爾一笑。「瑪利亞要不要吃飯糰？」

「笨蛋，馬上就有豪華晚餐了。待會吃不下飯怎麼辦。」

倚靠房間角落的牆壁，伸長雙腳翻雜誌的鶇頭也不抬地說。

「說的也是，瑪利亞，那我晚上帶蛋糕回來，妳要等我喔。」陽子說。

「妳一直在那裡打工啊。」

「對呀。啊，蛋糕也增加了幾種。我帶新口味回來給妳吃。」

「太好了。」我說。

玻璃窗是敞開的，紗窗外一再有從海邊戲水回來的人們經過。笑聲開朗響起。無論哪家旅館都已到了晚餐時間，整個鎮上充滿熱鬧生氣。天色還很明亮，電視播出傍晚的新聞。海風的氣息掠過榻榻米。走廊有匆忙的腳步聲來來往往，剛泡過澡的客人咋咋呼呼走過。遙遠的海上，響起海鷗的叫聲，仰望窗外，電線之間映現紅得嚇人的天空。一切都是一如既往的傍晚。

雖然我已知道，世上沒有什麼永恆不變。

「瑪利亞來了嗎？」隨著這個聲音冒出，才聽到腳步聲接近，姨丈已從門簾探頭進來。

「嗨，歡迎妳來。多待幾天喔。」

姨丈笑著又走了。

鶇站起來，懶洋洋拖著步子走向冰箱，拿以前酒鋪送的米老鼠玻璃杯倒了麥茶，咕嘟咕嘟灌下。然後把空玻璃杯往刷得乾乾淨淨的水槽隨手一放，說道：

「就憑他那德性，還歐式民宿咧。真是愛找麻煩的老頭子。」
「那是爸爸多年的夢想吧。」
陽子略微垂眼，如此說道。
此刻如此確實存在的此地，明年夏天卻將了無痕跡。這種事，自然不可能欣然接受。想必她們姐妹倆也還沒接受現實。
日復一日，過著平淡無奇的生活。在這個小漁村，睡覺，起床，吃飯，過日子。心情時好時壞，看看電視，談談戀愛，去學校上課，最後總會回到這個家。茫然回想那週而復始的平凡時，不知不覺中，那裡留下些許暖意，彷彿乾燥清潔的沙粒。
徹底感受到那微微的暖意，舟車勞頓已經有點睏的我，陶醉地品嚐著懷念的幸福。
夏日來臨。是的，夏天開始了。
僅此一次，永不復返的季節。明知如此肯定還是會一如既往散漫度過的時光，比平時稍顯緊繃也更哀愁。那時，坐在傍晚的室內，我們都很清楚這點。清楚得可悲，卻依然感到無比幸福。

晚餐後，我剛把行李拽出來，就聽見波奇亢奮的叫聲。從我房間的小窗探出身子便可看見後院。我低頭一看，只見暮色中，鶫正給波奇換上散步的繩子。發現我後，鶫仰著頭說：「要一起去散步嗎？」

「要。」我說，立刻下樓。

外面的天空還有點亮，暮色中亮起的路燈顯得格外清冷。鶫依舊被波奇拽著走，一邊對牠說：

「今天太累了只能走到海水浴場的入口喔。」

「妳每晚都去散步？」

我吃驚地問。鶫的身體應該沒那麼好。

「還不都是因為妳給這傢伙養成散步的習慣。妳走後，早上這傢伙平時散步的時間一到，牠就開始鬼吼鬼叫。神經敏感的我每次都被吵醒，所以只好請牠妥協一下把晨間散步改成傍晚，陽子和我一起帶牠去。」

「那真是不好意思。」

「不過，我被波奇拽著走久了好像也變得健康多了。也算是好事。」

鶇小小的側臉笑了。

鶇一直拖著病懨懨的身體過日子，但她就算開玩笑也很少提及自己有哪裡怎樣不舒服。不是默默拿別人出氣，就是說些氣人的話之後一個人回房間躺下。而且，鶇從不放棄。

她那種態度有時令人覺得堅毅可敬，有時又覺得很煩。

隨著夜色即將降臨，街道悶熱幽森，微微泛白的沙灘所到之處都有小孩放煙火。我們穿過碎石子路和大橋走向海灘，爬上筆直伸向海中的堤防後，解開波奇的繩子。波奇立刻朝海灘跑去，我和鶇坐在消波塊上，倚靠一角喝著冰涼的罐裝果汁。

清風宜人。遠處飄過的灰色微雲之間，殘留的一抹暮光閃閃爍爍若隱若現就此逐漸掩蓋消逝。

正想著波奇跑得都不見影子了，牠隨即已擔心地自己跑回來，對著消波塊上方牠搆不到的鶫汪汪叫。鶫笑著伸出手，輕撫波奇或是拍拍牠。

「鶫，妳現在和波奇很親密欸。」

我對雙方關係的長足進展頗為感動，如此說道。鶫沒說話。每當她沉默時，看起來完全就是個小表妹。可是，過一會鶫露出極為不快的神情幽幽說道：「別開玩笑了。爛透了。簡直像被處女的純情打動一時糊塗結了婚的花花公子。」

「什麼意思？妳是指和波奇變成好朋友？」

雖然我也這麼覺得，但我想讓鶫再多說一點，於是故意試著這麼問。鶫回答：「對呀。想到自己和狗變成好朋友就毛骨悚然。客觀看來相當噁心。」

「妳在說什麼啦。該不會是用這種方式表現害羞？」

我笑了。

「屁啦。妳根本不了解我。我們都認識多少年了，拜託妳稍微用用腦袋好嗎。」鶫露出嘲諷的笑容說。

「我知道啦，我只是逗妳玩。」我說。「不過我也知道妳不可能不喜歡波奇。」

「嗯，喜歡。我喜歡波奇。」鶫說。

暮色疊上層層色彩，一切如夢幻般濃稠地模糊浮現。消波塊凹凸起伏的剪影，有時會有浪花濺起跳動。天空出現的第一顆星彷彿白色小燈泡閃閃發亮。

「不過，反派角色自有反派角色的哲學。如果違反那個準則，」鶫接著又說。「只對狗敞開心扉的話，那種反派角色未免太單純。」

「什麼反派角色？」

我笑了。

久違的鶫，似乎也憋了一肚子話想說，吐露了很多自己的心情。這種話題，只屬於我和鶫之間。自從鬼信箱事件後，我就一直扮演鶫的知音，因此鶫的言下之意，即便與我自己的生活方式無關，我也能清楚感知。
「比方說，如果地球發生大饑荒？」
「大饑荒？……話題跳得太遠我簡直反應不過來。」
「妳很煩耶，閉嘴聽我說啦。總之，真的都沒有食物時，我想成為可以坦然殺死波奇吃掉的那種人。當然，不是那種會在事後偷哭，或者說什麼『謝謝你為大家犧牲，對不起』還替牠造墳墓，或是把牠的骨頭做成項鍊隨身攜帶的半吊子廢物，可以的話我希望自己永不後悔，也不受良心苛責，真的可以坦然笑著說『波奇很好吃』。不過，那當然純粹只是個比喻。」
鵜纖細的雙臂抱膝，歪頭出神的模樣，和她說話的內容實在落差太大，令我有種不可思議的心情，彷彿看到不屬於這世間的東西。
「那樣不叫做反派，應該是怪胎吧。」我說。
「對，莫名其妙的傢伙。永遠和周遭格格不入，自己也搞不懂自己，無法阻止自己，也不知最後會走到何處，卻還是肯定那是正確的，我覺得那樣就好了。」

鶫直勾勾注視黑暗的大海，心平氣和說。

說她自戀，也不是。說是一種美學，好像也不大對。鶫的心中有一面擦得晶亮的鏡子，鶫只相信映現其中的東西。甚至不願思考。

就是這樣。

儘管如此，我，波奇，以及周遭的所有人八成都喜歡鶫。也一直被鶫吸引——哪怕被她耍得團團轉，因為她一時不爽就遭到她的毒舌攻擊，波奇甚至可能有一天被殺死吃掉。比起鶫的心態和言詞，在更深處，有一道支撐鶫胡鬧的光。那強烈得可悲的光芒，在她自己也不知道的地方猶如永動機始終閃耀。

「天黑之後就變冷了呢。我們回去吧。」

鶫說著起身。

「鶫，太難為情了吧，內褲都露出來了。」

「一條小內褲，有什麼好大驚小怪的。」

「是妳太豪放了。」

「那又有何不可。」

鶇笑了，然後大聲喊波奇。波奇沿著長長的堤防一溜煙直衝而來，像要對我和鶇報告各種消息般興奮地汪汪叫。

「知道了，知道了。」鶇說。

當我們邁步走出後，波奇時而追上我們時而止步，忽然好像察覺什麼抬起頭，猛然衝向前方跑了。我正覺奇怪，跑下堤防另一頭的波奇已傳來驚天動地的叫聲。

「怎麼了？」

跑過去一看，堤防另一頭是小型海濱公園，松林的白色雕像下方，波奇正在和一隻被繩子綁住的博美狗嬉鬧。起初波奇抱著玩耍的心態猛搖尾巴，可是被魁梧的波奇撲上來的小博美拚命掙扎。汪汪叫著咬波奇。波奇哀叫一聲跳起來也動了真火，眨眼之間變成鬥犬。

「得阻止牠們！」我這句話，和鶫嚷著「上啊」的聲音重疊。這瞬間可以清楚看出我倆個性的差異。

我只好一個人跑過去，用盡全力抱住波奇。結果那個小傢伙居然咬我的腳。

「痛死了，你幹嘛！」

我大叫，鶫立刻說：

「很好，三隻一起打架！」

我轉頭一看，鶫露出打從心底很開心的神情在笑。

就在這時。

「喂，權五郎，別鬧了！」

一個年輕男人說著走來。

這就是我們和共度最後一個美好夏日的另一個夥伴恭一的相遇。就在這夜色尚淺，夏日初臨，完美的藍色月亮剛剛升起的海邊。

他的確是個給人奇妙印象的人物。年紀看起來和我們一般大。修長纖細的身子，結實的肩膀和脖子令人感到冷酷的強大。短髮，看似剽悍的眉毛，乍看之下是個和他身上的白色馬球衫很搭調的爽朗青年，眼睛卻有點不同。他的眼神異樣深邃，蘊含著彷彿知道什麼大事的光芒。或許可以說，唯有眼神格外老成吧。

他大步走向仍坐在波奇與那隻權五郎再次開戰的叫聲風暴中央的我，一把抱起還在吼叫的權五郎。

「妳沒受傷吧？」

他挺直腰桿說。我用力按住波奇的手終於鬆開站起來。

「對，沒事。」我說。「是我們的狗先去招惹你的狗。對不起。」

「哪裡，這傢伙本就血氣方剛而且還天不怕地不怕。」他說著笑了。然後注視鶫，「這位小姐也沒事吧？」他說。

鶫霎時變換人格，微笑說：

「是的。」

「再見。」

他說完，抱著權五郎就朝海灘那邊走了。

已經完全入夜。感覺好像就在那短暫的交談之際，夜晚忽然降臨了。波奇仰望我和鶫像要傾訴不滿似地不停哼哼唧唧。

「走吧。」

鶫說，我們淡定地開始邁步。

夜路處處潛藏夏天的影子。蓬勃的生氣和夜晚的空氣有點甜，夾帶令人興奮的氣勢妝點黑夜，就連風的氣息似乎也洋溢那個。錯身而過的人們各個精神飽滿，嘰嘰喳喳，看起來很快活。

「等我們回到家，正好陽子也該帶蛋糕回來了。」

已經完全忘記剛才那回事的我說。

「你們愛怎樣就怎樣。反正妳應該知道我對那家難吃的蛋糕抱著什麼態度。」

鶫說。她看起來有點心不在焉，於是我開玩笑說：

「妳看上剛才那個男孩子了吧。」

但鶇不為所動，小聲說：

「那傢伙，可不是省油的燈。」

那是一種預感嗎？

「人家哪裡不對了？」

沒有任何感覺的我一再反問，但鶇已不再回答，只是默默和波奇一起走過夜路。

因為夜

有時，會有不可思議的夜晚。

空間彷彿略微扭曲，似乎能一眼看見所有事物的夜晚。睡不著時不斷聽見的掛鐘滴答聲，以及照亮天花板的月光，和我還很小很小的時候一樣支配黑暗。夜是永恆的。而且，我覺得以前夜晚好像更漫長。隱約有種氣息。我想，大概是因為太幽微所以感覺帶點甜美的離別氣息吧。

我對這樣的夜晚有段難以忘懷的回憶。

小學高年級時，我和鶇及陽子狂熱地迷上某電視節目。那是主角四處尋找親妹妹的冒險故事，就連平時對那種「騙小孩的東西」毫不買帳的鶇，都跟著一集不缺地準時觀賞。說來好笑，如今對節目本身已經沒什麼印象，只有當時興奮期待的模樣重現腦海。只有看電視那個房間的亮度，那時喝的可爾必思的滋味，以及電風扇溫吞的風力格外鮮明地重現。每週，我們都那樣期待著，但是某晚，終於看完最後一集。

吃晚餐時，大家都很沉默。政子阿姨笑著說：

「你們喜歡的節目，今天播完了吧。」

隨時隨地處於叛逆期的鶫說：

「別說廢話好嗎。」

失落的我和陽子，雖然不是叛逆期，在那一刻卻也有點類似鶫的心情。想必當時就是那麼迷戀那個節目吧。

夜裡，獨自鑽進被窩後，我雖年幼卻也陷入某種類似離別的感傷。我獨自凝視天花板，在床單乾爽硬挺的觸感中，那是離別的預兆。和日後經歷的沉重離別相比，它擁有閃亮的輪廓，是離別的新芽。失眠的我，漫不經心來到走廊。黑暗幽深的窗下，掛鐘發出和現在絲毫不變的巨大聲音，滴滴答答響個不停。紙拉門的白色，朦朧浮現在黑暗中，我感覺自己異常渺小。又想起最近忘記一切全心迷戀的那個節目的場景。過於寂靜的深夜裡，沒有任何阻礙，我就這樣光著腳一步一步走下樓梯。然後，我去了院子，想呼吸戶外空氣。院子盈滿月光，群樹清晰的剪影屏息聳立。

「瑪利亞。」

陽子忽然出聲。不知怎的，我一點也不驚訝。穿睡衣的陽子就站在院子裡。幽微的月光下，陽子悄聲說：

「妳果然也睡不著？」

「嗯。」

我輕聲回答。

「跟我一樣。」

陽子說。她的長髮綁成麻花辮，蹲在地上，捲起牽牛花的藤蔓把玩。

「要不要去散步？」我說。

「萬一被看到會挨罵吧。陽子，妳偷偷出來的？」

「嗯。不要緊。」

吱的一聲打開籬笆門後，黑暗中，海潮的氣息似乎頓時變得濃烈。

「終於可以大聲說話了。」

「嗯，這種夜晚很舒服。」

我們穿的是睡衣和浴衣。我直接打赤腳趿拉著涼鞋朝海邊走去。月亮高掛天上。沿著通往山嶺的路，沉睡著成排似乎已腐朽的漁船。這不是平時看慣的小鎮。我們似乎來到完全脫離日常的異世界。陽子忽然說：

「啊，終於遇到親妹妹了。」

本來還笑著猜想她「這是模仿那節目的續集嗎」的我，這時也發現了。鶫同樣獨自蹲在海邊道路的交界處看海。

「是妳們啊。」

鶫格外沉靜，理所當然地說。彷彿原本就約好了要碰面。然後她背對黑暗倏然起身。

「鶫，妳怎麼打赤腳。」

陽子說著把兩隻襪子脫下來交給鶫。鶫說「這樣嗎」故意把襪子套到手上，可是我們都不捧場，於是她又套在異常纖細的腳踝，邁步走去。

就在月光下。

「在港口繞一圈就回去吧。」陽子說。

「好啊，順便買罐可樂喝，就回去吧。」

我說。鶫立刻說：

「妳們愛走就走。」

「不然呢？鶫妳想幹嘛？」我說。

鶫不看我，明確地說。

「我要繼續走。」

「走去哪裡？」

「翻過山一直走，直到隔壁的海灘。」

「那樣很危險吧。」陽子說。「不過，還真想試試看耶。」

空無一人的山路那邊，看起來黑暗如洞窟。高聳的山崖遮住月光，腳下晦暗不清。在這種狀態下，我和陽子手牽手，摸索著向前走。鶇和我們並肩，一個人大步前行。我現在還記得她的步伐委實太堅定，實在不像走在黑暗中。那是可怕的黑暗。

起初是因為電視節目播完太難過才出來散步，但是如今我們已經徹底忘了那個，有點莫名興奮地走向樹林沙沙隨風晃動的深夜山嶺。大步走下山坡後，深夜的漁村出現，終於看見海灘。

亂石累累的海灘上，已經關閉的成排小賣店如幽靈朦朧聳立。海那邊可以看見旗子，隨著濤聲大幅晃動。冷颼颼的風冷卻熾熱的臉頰。我們三人買了可樂。夜間的自動販賣機發出的聲音，似乎把漆黑的海灘嚇了一跳。晦暗的海在眼前模糊蕩漾。我們那個小鎮的燈火，在很遠很遠的地方，如蒸騰的熱氣幽微發光。

「這裡好像是冥界。」鶇說。

我們應聲點頭。

結果我們又沿著山路走回去，精疲力盡地抵達山本屋，說聲「晚安」就各自回房間，然後真的是像死掉一樣沉睡。

痛苦的是隔天早上。因為太累了，我和陽子吃早餐時都沒開過口。揉著惺忪睡眼默默吃早餐。彼此都和精力異樣充沛的昨夜判若兩人。鶇甚至根本沒起床。

我知道。

那晚，鶇在海灘撿來的白石頭，至今仍放在書架角落。那晚鶇是什麼心情，我不知道。那顆石頭蘊藏什麼樣的感情，我也不明白。說不定，其實只是心血來潮隨手為之。然而，無論就任何角度，每當快要忘記鶇是「活生生的人」時我就會想起那顆石頭，以及那晚，光著腳出門堅持非要走下去的那個年幼的鶇，然後就會莫名地哀愁，變得冷靜。

不知怎的我又想起當時。驀然看時鐘，已經快兩點了。失眠的夜晚，想法會有點奇怪。思緒徘徊在黑暗中，浮現一個又一個猶如泡沫的結論。我忽然想起，從那晚過後曾幾何時我長大了，已經不住在此地，現在就讀東京的大學。感覺非常不可思議。自己露在黑暗中的手簡直像另一種物體。

這時，門忽然被拉開。

「起床了，喂！」

鶇說。驚愕的我完全止不住心跳加快。過了一會，我終於擠出話：

「幹嘛？」

鶇大剌剌走進房間，在我枕畔蹲下。

「我睡不著。」

我睡在鶇隔壁的房間，或許以前沒發生過這種情形就該偷笑了。我慢吞吞爬起來，不高興地說：

「妳睡不著又不是我的錯。」

「別這麼說嘛，妳就當這也是一種緣分，我們來玩吧。」

鶇笑了。鶇只有在這種時候，才會對人放低姿態。我一下子忽然想起，以前不是被鶫拍醒，就是睡得好好的忽然被她踩住手腳，還有她聲稱不想自己帶去學校（因為太重！就只是這樣）便在體育課時擅自從我的課桌抽屜拿走字典。那種不講理的委屈感突然重現令我大吃一驚。對了，我差點都忘了。我和鶫的關係並不全然只有好玩而已。

「我現在很睏。」我說。有點想像以前那樣抵抗。可是，鶫就是從來不聽別人說什麼才會變成這副德性。

「喂喂喂，今天很像喔。」鶫眼神亢奮地說。

「像什麼？」

「妳忘啦，就是那次我們三個像白痴一樣走到鄰鎮的時候嘛。正好也是這個時間對吧。或許是季節的關係，有時夜裡就是睡不著。陽子好像已經呼呼大睡了，大概是因為那傢伙太遲鈍吧。」

「我也很想睡啊。」

「誰叫妳住在我隔壁。」

「真是夠了。」

我嘆口氣，不過心情其實很好。我覺得很不可思議。因為鶇和我彷彿有心電感應，穿越黑夜想著同一件事。夜晚偶爾就是會使出這種小伎倆。空氣緩緩透過黑夜在遠處連結似的氛圍，如星星猛然落到手上，把人叫醒。我們做著同樣的夢。那一切，都在一夜之間發生，是僅限一晚的感覺。到了翌晨，甚至連它是否發生過都已不確定，就此隱入陽光中。而那樣的夜很漫長。漫長無邊，像寶石一樣璀璨。

「那，要不要去散步？」我說。

「……提不起勁，懶得去。」鶇說。

「不然妳到底想怎樣？」

「那種事誰會動不動就想啊。」

「拜託妳想好了再來叫醒我。」

「……是喔，那就從妳房間的冰箱拿飲料，去曬衣場吧。那種程度我還能忍。」鶇說。

我站起來，去開冰箱。這好歹也是旅館的客房，因此有很多飲料。我拿了啤酒，扔一罐柳橙汁給鶇。鶇完全不能碰酒，喝了就會大吐特吐，所以誰也不敢讓她喝。

我們像以前那樣屏息走過走廊，悄悄開門去曬衣場。白天這裡就像洗衣精的廣告那樣掛滿毛巾隨風飄揚，不過到了晚上空蕩蕩的只有成排曬衣桿。從那粗大的曬衣桿之間可以看見星星。曬衣場面對山那頭，重巒疊翠的剪影在眼前逼近。

我喝下啤酒。一陣冷意直達心底。那是似乎隨著夜色漸增的寒冷。

鶇也喝果汁。

「晚上在外面喝的飲料，為什麼這麼好喝呢？」她喃喃自語似地說。

「鶇，妳很注重這種事。」我說。

「才沒有。」鶇沒問理由就駁斥。

我說的不是情緒的問題。那是感受性的問題。鶇像要沉思片刻似的沉默後，說道：「我雖是那種會煩躁地把最後一片葉子拽掉的人，但那種美麗我記得，妳是指那個嗎？」

我有點驚訝。

「鶇，妳最近好像變得比較像正常人說話了？」我說。

「大概是因為死期已近吧。」鶇笑著說。

不對，是因為這夜晚。

空氣如此清澈的深夜裡，人會忍不住訴說內心想法。會不由自主敞開心扉，對著身旁的人，彷彿對遠方閃耀的群星娓娓訴說。我腦中的「夏夜」檔案夾，有好幾張這種夜晚的底片。就在很接近兒時三人長途跋涉的那晚之處，或許也一起封印著今晚。只要想到人生在世遲早還能再感受這樣的夜，對未來就會產生希望。如此良宵。甜美的風，彷彿讓群山的氣息和海的氣息透明地瀰漫在整個小鎮。就算此生難再，或許他日的某個夏天，還能邂逅類似今晚的良宵。這麼一想，簡直棒呆了。

喝完果汁的鵜，重重發出聲音站起來，走到可以俯瞰道路的欄杆處。

「都沒有人。」鵜說。

「欸，那棟建築是什麼？」我問。

山腳可以看見頂端還有點裸露鋼筋骨架的大型建築，令我很好奇。即便在夜色籠罩的小鎮街景中也格外顯眼。

「那個？那是飯店。」鵜轉頭對我說。

「那麼大的飯店，是新蓋的？」

「嗯，我家會把旅館收掉，應該也有那個的因素。房子本身倒是無所謂，不過對生意的影響還是很致命吧。但我爸能下定決心做他一直想做的，也算是好事吧。不過這下子，如果歐風民宿到時候經營不善，我們一家四口變成白骨就慘了。搞不好在山裡全家自殺。」

「沒問題的，我每年都會去。將來如果要舉行婚禮，就在那裡辦。」

「有這個閒工夫講沒營養的展望，不如先把大學女生帶來再說，這一帶完全沒那種人。」

「不是有陽子嗎？」

「不是她那種，我是說更生猛的大學女生。拿我來說吧，就只在電視上看過那種人。我想仔細觀察之後狠狠吐槽一番。」

鶇把涼鞋踩得啪噠響，如此說道。除了去醫院，鶇從小到大幾乎沒離開過這個小鎮，那是她悲哀的一面。

「妳可以來東京玩。」

我站起來，走到鶇的身旁俯瞰下面說。只見狹仄的巷道悄然沒入暗影。

「嗯。……我怎麼覺得，自己好像卡通《小天使》的少女小蓮身邊那個不良於行的朋友。」

鶇吃吃笑。

「今天古典名作的話題很多耶。」

我也笑了。這時，我發現一隻眼熟的小狗沿著旅館前面的道路一路跑去。我大喊：

「啊，剛才那是，那個，權之助……不對，就是上次那個！」

鶇探出身子說：

「是權五郎。」

然後，她用響徹夜路的大嗓門喊：

「權五郎！」

遠處的波奇醒來把鏈子弄得嘩啦響。很久沒看到這樣急切的鶇，我很驚訝。不知那個小不點權五郎，是否接收到她那份心意？牠不安分地沿著夜路跑回來。然後東張西望，尋找是從哪裡傳來的呼喚。那一幕太好笑，我不禁笑著喊權五郎，這次牠似乎發現我們了，仰望著我們汪汪叫。

「是誰？」

我差點以為是權五郎在說話。突然間，上次那個男人就像現身聚光燈下般出現在路燈下。他比起上次似乎曬黑了不少，黑色T恤幾乎隱沒在黑夜中。

「噢，是妳們啊。」

「鶫，太好了。又見面了呢。」我小聲說。

「嗯，我知道。」鶫說著對下方大聲問：「你叫什麼？我是說名字。」

他一把抱起權五郎，仰望我們說：

「我叫恭一。妳們呢？」

「我是鶫，她是瑪利亞。喂，你是哪家的孩子？」

「我家還沒搬來這鎮上，那邊那個——」他指著山那頭說，「那邊那個新蓋的飯店將來就是我家。」

「什麼？你是女服務生的兒子？」

鶫笑了。她的笑容如此燦爛，彷彿照亮黑夜。

「不是。我是飯店老闆的兒子。我爸媽喜歡這裡，說要在此定居。我在M市上大學，所以我也可以住在這裡通學。」

夜晚突然令人親近。他露出毫無戒心的笑容。

「你每晚都在深夜出來散步？」我說。

「沒有，今天有點睡不著。所以硬是把睡著的狗叫醒，出來散散步。」

他笑了。

我們之間，洋溢可能成為朋友的愉快直覺。碰上這樣的同類，彼此都會立刻察覺。只要講兩句話，立刻就會產生同樣的確信。那是漫長友誼的開始。

「喂，恭一。」鶇的大眼睛瞪得都快蹦出來似的說。「我一直想見你。下次還能見面嗎？」

我很驚訝，對方似乎更驚訝，沉默片刻後：

「……嗯。我夏天都在這裡。經常帶著權五郎四處打轉，現在住在中濱屋。地點妳知道嗎？」

「知道。」

「歡迎妳隨時來找我，我姓武內。」

「知道了。」鶫點頭。

「那我走了。」

「晚安。」

鶫緊張的心情令黑夜充滿張力，但他從夜路消失後，那種氛圍驟然鬆弛。真是不可思議的邂逅。倏忽從遠處現身，又倏忽離去。

「鶫，看來妳真的很中意那個人。」

越發增添深度與濃度的黑夜中，我笑了。

「目前是。」鶫嘆息說。

「鶫，剛才很奇怪。妳發現了嗎？」

「哪裡怪？」

「鶫，妳對那人講話時，態度和平時完全一樣。」

我剛才一直耿耿於懷，卻沒說出來。鶫平時在男人面前會變回普通的大家閨秀，可是剛才，和平時一樣粗俗的鶫令我覺得很有趣，甚至暗自期待。

說。

「啊！」鶇驚呼。

「怎麼了？」

「我完全沒發現。對喔，我太大意了。糟糕，那樣像小太妹吧。唉——」鶇說。

「我倒覺得那也沒什麼不好……況且很有趣。」我說。

被夜風吹得皺起眉頭一逕凝視前方的鶇說：

「算了。肯定是因為夜晚的緣故吧。」

告白

那天從早上就下雨。夏天的雨有海水味。

無聊的我一直在房間看書。

或許是上次夜遊害的，鶇這幾天一直頭痛發燒臥床不起。剛才我送午餐過去時，鶇還窩在被子裡呻吟。早已看慣那種情景，甚至覺得懷念的我，大聲說：

「我把午飯放在這裡囉！」

把托盤放在她枕畔要離開房間時，我忽然試探著說：

「鶇，妳這該不會是相思病吧？」

她默默伸出手把塑膠水壺扔向我。

不管怎樣至少那個部分始終健在。

水壺狠狠撞上紙拉門旁邊的柱子滾落到榻榻米上，我的頭髮也因此即使回到房間後還是有點濕濕的發亮，靜靜在榻榻米上漫開。

窗外，遠方的大海掀起深灰色波濤，可怕得有點像指甲旁的皮刺。天空和大海都在朦朧的黑白色調濾鏡另一頭。這樣的日子，波奇大概也在潮濕的泥土氣息中悄悄坐在狗屋裡看雨吧。樓下打從剛才就有無法去海邊戲水的房客們在屋內走來走去的聲音和動靜。向來總是如此。下雨天大家在旅館這個大屋子裡無所事事。放在大廳的大型電視機及老舊的遊戲機周圍此刻想必聚集了許多人。

我有一搭沒一搭地思忖，不時看一點書。流星般打在玻璃窗上的雨滴令我腦中的畫面一再閃現。

我忽然想到：

「萬一鶇就這樣病情惡化死了怎麼辦？」

那是親身體驗，打從很小的時候，每當鶇的身體變得更虛弱時我們這些親人就會這麼想。而且那個想法總是突然降臨。在這種下雨天，過去與未來會悄然融入空氣中浮現。

頓時，一滴眼淚落在書頁。不知不覺淚水撲簌落下。

愣然回神後，綿綿細雨打濕屋簷的聲音傳入耳中。我抱著剛才我究竟在幹嘛的荒謬心情抹去眼淚。然後立刻拋諸腦後又開始繼續看書。

到了下午三點，能看的書也看完了。鶇依舊躺著，陽子出門了，電視也很無聊，無所事事之下我決定去書店看看。大概是聽見我走出房間拉動拉門的聲音，鶇從緊閉的房間拉門中出聲：

「妳要去哪裡？」

「書店，有什麼要我買的嗎？」我說。

「那妳幫我買蘋果汁，要百分百天然果汁的那種。」

她啞聲說。想必在發高燒。

「好。」

「我還要哈密瓜。然後還有壽司，還有……」

她繼續點菜的聲音追來，但我充耳不聞地下樓了。

海邊小鎮的雨感覺下得特別靜悄悄。也許是大海吸收了聲音？搬到東京最驚訝的，就是雨水好像是嘩啦嘩啦發出聲音落下。

經過沿海道路，染成漆黑的沙灘像墳場一樣寂靜，感覺很不可思議。落在海上的雨掀起成千上萬的波紋，碎成無數漣漪。

鎮上最大的書店人潮擁擠。這也難怪，畢竟這種日子全鎮的觀光客都跑來書店了。放眼掃視店內，我要買的雜誌類果然全賣完了。

我只好去陳舊的文庫版書架，赫然發現恭一站在最靠裡面的書架專心看書。我暗自稱奇，走過去出聲打招呼：

「今天你沒帶狗啊。」

「嗨。」他笑了，「下雨天嘛，就沒帶出來。」他說。

「你又不住在這裡，怎麼養狗？」

「徵得旅館的同意，把牠綁在後院。待久了之後已經和旅館的人混熟了，閒暇時我也會幫忙鋪床，妳也知道，我不便表明身分，所以好像變成間諜，感覺還怪奇妙的。」

「是啊。」

我點點頭。他是今後預定沿山興建超大型飯店的老闆兒子，在這小鎮經營旅館的人，多多少少都為了那個飯店在發愁。仔細想想，這對他而言或許也是個挺哀愁的夏天。

「今天鶇怎麼沒來？」恭一說。

想必，是因為事後回想才會有這樣的感覺，但是當他正確地說出「鶇」的名字發音時，一瞬間，我強烈地感到，鶇的戀情或許會有光明前途。看著透明的雨滴從書店屋簷搭的塑膠布滴滴答答落下，我說：「鶇病倒了。別看她那樣其實身體非常虛弱。……如果方便，你要不要去看她？我想她一定會很開心。」

「不影響病情的話，我很想去。」他說。

「聽妳這麼一說才想到，她的確很白很瘦……她是個有趣的女孩。」

我也說不上來。但是那一刻，在緩緩封閉整個小鎮的透明雨聲中，我確信，鶇和這男孩應該很相配。

今年春天我搬到東京開始上大學，看過無數情侶（這樣說很奇怪，好像自己是個超級鄉巴佬）。從那些人的身上，我明確感到二人相互吸引的理由。比方說外表相似，或者生活態度和穿著喜好相同，即便是乍看之下再怎麼不相配的情侶，在一起久了也會出現讓人恍然大悟的特點。不過，那天我從鶇和恭一身上突然感受到的，是更強烈的東西。是的，剛才他說出鶇的名字時，在我心中，他與鶇就在一瞬間完全重疊熠熠生輝。我發現，二人互相產生的興趣凝聚，穿過這樣懶洋洋的雨天午後達成心意相通。我對自己的直覺很有自信。而我在二人身上感到的這點，或許正是一般人所謂的宿命，或者一場轟轟烈烈戀愛的預兆吧。

我邊走路邊看著煙雨濛濛的灰色道路上，濕漉漉的柏油路面閃爍的虹彩，深深如此感到。

「等等，如果要探病，應該買點東西帶去比較好吧。她喜歡什麼？」

恭一那句話令我不由噗嗤笑出來說：

「我也不清楚，不過她好像想要蘋果汁和哈密瓜，還有壽司。」

「……這些東西一起吃好像有害健康吧。」

恭一說著歪頭納悶，我心想這大概就叫做自作自受，忍不住沒完沒了地偷笑。

「鵺，有客人來看妳囉！」

我想像著鵺驚訝的眼神和掩飾那種驚訝的手段，一邊興沖沖地輕輕拉開紙門。

可是，鵺不在。

燈光明亮的室內，只有棉被保持鵺鑽出來時的形狀拱起。我當下愣住了。就算鵺是個總是不按牌理出牌的傢伙，畢竟現在可是發燒將近三十九度。

「……她不在。」

我嘀咕。

「可是，她不是很嚴重的病人嗎？」

恭一說出奇怪的日語，皺起眉頭。

「照理說是這樣沒錯啦……」

我不知如何是好。

「你在這等一下。我下樓看看。」

我跑去玄關，趴在鞋櫃前面尋找鶇的涼鞋。當我發現鶇每次穿的那雙有白花的海灘涼鞋好端端和房客們的涼鞋放在一起，鬆了一口氣時，從走廊走來的政子阿姨說：「有什麼事嗎？」

「鶇不在房間。」

「啥？」政子阿姨瞪大雙眼說。「可是她現在明明在發高燒。剛剛才請醫生來給她打過針……該不會是燒退了她又不安分……」

「肯定是這樣。」

「可是，我一直待在櫃檯，妳出門之後就沒人出入。她應該還在旅館裡面吧

……總之先去找找看再說。」阿姨不安地說。

「她到底在搞什麼鬼！」

我嘆氣。

我請恭一在旅館附近巡視，自己和政子阿姨在旅館內四處尋找鶇。偏屋、放自動販賣機的地方全都檢查了。也打開陽子的房間門看了一下。……不在。到處都沒有鶇的人影。這麼小的建築內，沿著同樣形狀的房門林立的昏暗走廊，在雨聲中一再來來去去後，我就像陷入冷清的迷宮，感覺異樣奇妙。在日光燈下四處打轉之際，我和政子阿姨都開始有點不安。是的，打從以前就是，碰上這種時候，襲擊我們的總是不安更甚於擔心和憤怒。因為那會讓我們想起，傲慢的鶇平時那看似如此鮮明的生命之光，其實一直處於相當可悲的局面。

即使只是多盪幾次鞦韆，
只是在海邊戲水半天；
只是迷上深夜電影導致睡眠不足；
只是在空氣有點冷的日子沒帶外套……
這些都會讓鶫病倒。會變得虛弱。鶫看起來那麼明確的存在，其實只不過是抵抗孱弱肉體的最後一點生命力暴動。……真的，每當這種下雨天，腦子就會一片空白，過往記憶從體內歷歷浮現。當時那種酷似感傷的空氣色調，彷彿映在灰暗的玻璃窗上般，映在幼小的眼眸，緊閉的那扇拉門之沉重。我媽叮囑「鶫現在性命垂危，妳安靜一點」的話語，含淚的陽子長長的辮子。小時候，那種事真的很常發生。

「她不在……」
回到鶫的房間前，我們再次嘆息。
「這附近都沒找到人。」

恭一說著也咚咚跑上樓來。他似乎沒帶傘就出去了，頭髮都濕了。

「哎喲，害你淋得這麼濕……真不好意思。」

政子阿姨根本不知道他是誰卻還是萬分惶恐地說。一切都亂了套。

「她會不會走遠了？」

我說。我當下朝曬衣場那邊走去想看看外面，從通往室外的木框大窗探頭看曬衣場。

然後，我發現了。

「找到了……」

我無力地告訴阿姨，喀拉喀拉推開窗子。鶫竟然鑽進曬衣場的地板和下方的二樓屋頂之間。她從木板與木板之間仰望我，保持蹲著的姿勢說：「被發現啦！」

「妳還好意思說。妳到底在幹嘛？」

我打從心底哭笑不得地說。簡直莫名其妙。

「哇，妳打赤腳！那裡那麼冷……快點過來。小心又發燒！」

阿姨露出明顯鬆了一口氣的表情說。然後把濕漉漉的鶇從曬衣場下面拖出來。

「我現在去拿毛巾，妳趕快進被窩，聽懂沒？」

阿姨匆忙跑下樓後，我說：「鶇，妳為什麼待在那麼奇怪的地方？」

我記得鶇以前玩躲貓貓時，的確很擅長躲在那個地方。不過現在不是玩躲貓貓的時候。這點自然不消說。

「還不是因為妳。」鶇高燒昏了頭似地咯咯笑著說。「我從窗口看到妳帶著恭一得意洋洋走來想嚇我一跳，所以我想反將一軍。」

「妳媽很溫柔。」

恭一說。體貼的他，主動說要告辭，但阿姨和鶇還有我都拚命挽留他，最後他留下來喝茶。

「她完全沒有罵妳。」
「因為她對女兒的母愛比海還深。」鶇說。
我心想，少騙人了。阿姨的平靜純粹是習慣被鶇耍得團團轉。我想恭一遲早也會明白，所以只是默默喝茶。況且，恭一看鶇的眼神就像看瀕死的小貓崽一樣充滿同情，因此我也不想潑冷水。……就連這麼說的我都有點擔心鶇的身體，因為她看起來真的很憔悴。掛著黑眼圈，呼吸急促，嘴唇慘白。濡濕的細髮緊貼頭皮，眼眸和臉頰看似閃閃發亮。
「那我該告辭了，下次見。別玩愚蠢的遊戲，乖乖睡覺，早日康復。」
恭一起身。
「等一下。」鶇說。她用滾燙的手拽住我的手臂。
「瑪利亞，妳攔住他。」她啞聲大喊。
「……她說的你都聽見了吧，請等一下。」我仰望恭一說。
「什麼事？」

他回到鶇的枕畔。

「說個故事給我聽。」鶇懇切地說。「我從小就得聽個新故事才睡得著。」

少騙人了！我再次暗想。不過，我覺得那個「新故事」的說法挺好的。是個可愛又帶有某種甜美氣息的字眼。

「嗯——故事啊。我想想看，那妳乖乖睡覺，我講個毛巾的故事給妳聽。」恭一說。

「毛巾？」我說，鶇也愣住了。

恭一繼續說道：

「我小時候心臟不好。所以，要等到長大一點有體力了才能開刀。當然現在已經開過刀了，變得生龍活虎，很少再想起當時，不過碰上麻煩或痛苦時，我就會想起毛巾。……以前，我真的是天天躺在病床的孩子。就算開刀也不見得能恢復健康，卻還是苦苦等待。那樣等待一個不確定的東西，儘管平時還好但發作時也會打從心底變得憂鬱不安。非常痛苦。」

雨聲似乎逐漸消失。我們專心聽他突兀的敘述。恭一淡定卻口齒清晰地訴說，他的聲音在安靜的室內回響。

「發作時，我總是躺著盡量什麼也不想。我怕一閉上眼就會胡思亂想，而且也討厭黑暗，所以就一直睜著眼。之後，只能靜待痛苦過去。聽說遇到熊要裝死，我想大概就是那種心情吧。真的是很煎熬的狀態。我的枕套是特製的，用的是我媽出嫁時外婆送的進口高級毛巾布。我媽一直很愛惜，邊角脫線後，就縫製成枕套給我使用。那是深藍色的，上面有成排五彩繽紛的外國旗子，圖案很酷。我就從躺著的角度盯著那鮮明的色調一直看。每次都是這樣熬過去。……當時完全不覺得，可是後來，比方說手術前，以及手術後痛苦的時候，還有每次碰上討厭的事情時，腦中就會砰地一下子浮現那條毛巾的圖案。雖然那種東西早已不在世間，卻清晰可見彷彿分明就在眼前。甚至覺得現在也垂手可得。然後心情就會變得異樣堅定。我想，這大概也是一種信仰。還滿有趣的吧，講完了。這樣可以嗎？」

「原來如此……」我說。

他的穩重，彷彿與人涇渭分明的老成舉止，以及那雙眼睛，都是因為他有過那樣的童年才養成的吧。雖然表現出來的態度和鶇正好相反，但他和鶇一樣獨自熬過多年。那雖說多少是自然產生的迫不得已，但鶇的心靈只能寄宿在她衰敗的肉體，這點實在令人很傷感。鶇明明擁有比任何人都要熊熊燃燒的強烈靈魂甚至足以傳至遙遠的外太空，肉體卻極端限制了靈魂。那種空虛的能量，想必一眼就感知恭一眼中的某種東西吧。

「看著旗子，你會想像遙遠的國度嗎？你也想過死後會去的地方？」

鶇看著恭一，說出令人冷不防嚇一跳的話。

「嗯，一直在想。」恭一說。

「結果你現在已經哪裡都能去了，真好。」鶇說。

「嗯，妳將來也會這樣……不，並不是說哪裡都能去就一定好。這裡也是好地方。踩著夾腳拖，穿泳裝就能四處走，有山也有海。況且妳的心智正常，也有堅定的信念，就算妳一直待在這裡，也可以比環遊世界的人看到更多東西。至少我是這樣覺得啦。」恭一平靜地說。

「但願如此。」

鶇笑了。眼睛閃閃發亮，通紅的臉頰露出白牙莞爾一笑。白色棉被似乎也隱約映現發亮的臉頰那抹紅。今天變得哭點很低的我，不禁低下頭拚命眨眼。那一刻，鶇直視著恭一說：「我愛上你了。」

與父同游

與恭一漫步海灘的鶇，戀情格外引人注目。是的，他們奇妙地惹眼。對於「鶇和男人」這種老早就看慣的組合照理說應該已經毫無違和感，走在這狹仄小鎮的二人，不知怎的卻像徘徊異國的情侶有種縹緲不定的光芒。他們總是帶著兩隻狗，出現在海灘某處。二人凝視遠方的視線，就像昔日曾做過的夢，彷彿會令觀者內心想起什麼懷念的事物。

雖然鶇在家時依舊拿家人出氣，把波奇的狗食踢得滿地都是也不道歉，袒露肚子隨地一躺呼呼大睡，但是和恭一在一起時的她非常幸福地閃閃發光，甚至看起來像是急著過完今生。那令人感到微微的不安，就像雲間射出的陽光，是內心深處會猛然刺痛的不安。

鶇的生存方式，永遠那麼嚇人。

彷彿是感情在拽著肉體四處走，剎那之間便會磨滅生命般，異樣耀眼。

「瑪利亞！」

爸爸用連我都害臊又驚愕的大嗓門，從巴士的車窗揮手。我站起來，走向巴士下車處。定睛看著巨大的巴士散發熱氣，發出巨響緩緩從車道彎過來。光芒中，那是氣勢萬鈞的情景。車門開啟，爸爸夾雜在五顏六色的大批觀光客中下車了。

我媽沒來。她在電話裡說，如果夏天來海邊，怕會懷念又不捨地哭出來所以不想來。她大概打算等入秋後要搬家時再悄悄過來，親眼目送山本屋的最後一刻吧。死皮賴臉吵著一個人也要來的是我爸。他夢想「與長大的女兒共度假期」，特地來住一晚。一切都已物是人非，感覺有點奇怪。明明就在不久之前，爸爸還得每個週末從東京來看我媽和我。是的，從小我就一直很喜歡在夏天戴帽子穿涼鞋，坐在曬得發燙的水泥臺階耐著性子等候爸爸搭乘的巴士。爸爸會暈船，所以總是搭巴士來。我們默默等待分隔兩地的父女平淡重逢的那一幕。我媽多半分身乏術，只有我在白天過來。然後在陸續駛來的巨大巴士的車窗，尋找爸爸的臉孔。

雖然秋天和冬天也是如此，可回想起來那好像總是夏天。爸爸總是在刺眼的陽光中，迫不及待似地與沖沖笑著走下巴士。

因為天氣太熱而戴墨鏡裝年輕的爸爸，以及看到他那模樣後有點驚訝，一下子從兒時回到十九歲的我，好像一切都是令人目眩的夢中情景。感覺有點說不出話。

「哇，是海風！」

爸爸任由額前的頭髮被風吹得不停飄揚，嘆息般說道。

「歡迎光臨。」我說。

「妳徹底變回本地小孩了，曬得好黑。」

「媽呢？」

「她說還是不來了，在家逍遙呢。她叫妳自己好好玩。」

「嗯，我早就料到會這樣。政子阿姨也這麼說。感覺也很久沒來接爸爸了。」

「是啊。」爸爸嘟囔。

「現在要怎樣，先把行李放回去吧？跟阿姨他們打個招呼，然後要幹嘛，開車去哪逛逛？」

「不，去游泳。」爸爸說。彷彿已經等待許久，語氣明確又興奮。

「總之，我是來游泳的。」

爸爸以前不游泳。

就連和我們共度短暫的家族時光，他都很抗拒有「海」加入。彷彿是怕我們一家三口小小的安寧會被盛夏海邊那種懶洋洋、充滿陽光的熱鬧給打擾。我媽雖是外室，卻一點也不怕被人看見，傍晚，廚房的工作告一段落後，她就會梳理頭髮，換件衣服，帶著我興沖沖和爸爸出門散步。三人這樣走過昏暗浮現的海邊時，對我們一家是最幸福的時刻。蜻蜓的影子飛過深藍色天空，我吃著爸爸買給我的冰棒。那時多半風平浪靜，海灘還殘留的熱氣升起，散發海水的氣息。冰棒總是帶著虛無的味道。我媽那模糊浮現看似白色的臉孔，在遙遠西邊發亮的暮雲照耀下異常嬌美，輪廓也格外柔和。而爸爸，一點也不像剛從東京抵達，帶有明確存在感的身影和我媽並肩邁步。

風吹過沙地，形成波浪狀的紋路，杳無人跡的海灘上，只有濤聲惱人地響起。

人們動輒來去，平添無數寂寞。爸爸的不在，多多少少讓我模糊感到死亡陰影籠罩似的寂寥。

週末出現的爸爸，到了週一早上，我醒來時他已消失無蹤。這種時候，我雖是小孩，也害怕鑽出被窩。我想盡量延後開口問我媽確定爸爸消失的那一刻。當我再次陷入略帶寂寞的討厭夢鄉時，我媽掀開我的被子，笑著說：「做體操要遲到囉，快起床。」

她的燦爛笑容，喚回平時沒有爸爸的日常生活，我鬆了一口氣。

「爸爸呢？」

我用沒睡醒的聲音好歹還是問了一聲，我媽有點哀怨地笑著告訴我：「他一早就搭第一班巴士回東京了。」

睏倦的眼睛，凝視紗窗外的早晨，好一陣子，我都在想爸爸。想我去接爸爸時，我抱怨天氣太熱不想牽手，他還是用大手牽著我的手不肯放的天真笑容，還有傍晚一家三口散步的情景。

陽子總是正好在那時候來喊我，我們在還算涼爽的早晨，趕往公園去做廣播操。

定睛注視爸爸消失在遙遠的波浪間，驀然又鮮明想起那種早晨的感覺。

抵達海灘後，一換好衣服，爸爸立刻迫不及待地大喊一聲「瑪利亞，我先走囉！」奔向水邊。看到爸爸手肘以下的手臂形狀和我如此相似，我忽然暗自一驚。我邊塗防曬油邊想，那個人果然是我的父親。

豔陽高掛，將海灘上的一切曝曬無遺。爸爸奔向平靜如湖面的海中，一邊幼稚地喊著好冷好冷，漸漸消失其中。奔向大海的他，看起來就像被海拉走。那片遼闊的蔚藍太無邊無際，區區一個人，立刻被那片光景吞沒。我也站起來，隨後奔入海中。起初冷得令人幾乎跳腳的海水，颯爽親近肌膚的那瞬間是我的最愛。抬頭一看，以藍天為背景，環繞大海的群山滿是閃亮的綠意。海邊的綠意格外濃烈清晰。

爸爸已經游到很遠的地方。雖然還很年輕，但這個年紀才建立家庭又嫌太老了。明明就在不遠處僅僅數公尺外，可是游泳的爸爸，腦袋在小得足以令人這麼想的蔚藍波浪，以及遠處閃爍的這片海刺眼的波浪之間若隱若現，似乎隨時會消失。莫名的不安，逐漸充斥游泳的我心頭。或許是因為冰冷的海水，也或許是因為已經游到腳踩不著地的深處。抑或是每次眨眼都會變幻不定的雲朵，以及陽光的明暗變化，讓那種想法潛入心頭？萬一和爸爸失散，被捲入再也回不來的浪濤中，就此消失……不，不對。不是那種物理性的問題，是我對目前在東京的生活其實還不太熟悉。在這樣的海中，在海風吹得遠處的紅旗飄揚的水中，那個東京的家彷彿幻夢。我一邊划水，卻覺得爸爸雖在眼前游泳，實則也是遙遠幻夢的一部分。在我的內心深處，一切都還沒有整理好，我或許依然是那個週末獨自等待爸爸的小女孩。以前，爸爸每次工作太忙，神色疲憊地過來時，我媽都會微笑著說（絕非反諷也不是擔心）：

「就算現在你倒下了，我們也沒有立場趕去東京，更不可能出席喪禮。那樣我可受不了，所以拜託你至少要注意身體。」

即便當時我還年幼，也不禁想，原來是這樣啊。是的，在那樣的日子裡，爸爸總讓人覺得他會走得遠遠的一去不回。

就在我想起那種事時，爸爸在陽光中瞇起眼回頭，停止游泳。我穿過波間不停追上爸爸。靠近的爸爸笑了，他說：「我在等妳呢。」

陽光化作千萬碎片閃爍，幾乎令人屏息。朝著浮筒並肩游去，我暗忖。

爸爸明天一定會抱著幾乎拿不了的大量魚乾和海螺去搭新幹線吧。我媽八成會站在廚房，轉頭問他我和大家過得如何。如幻影淡淡浮現的那種情景，讓我成為一個幸福得幾乎暈倒的獨生女。是的，即便失去這海邊的故鄉，我也已經有一個屹立不搖的家，足以讓我歸去。

上岸後躺在沙灘，忽然感到有人光著腳用力踩我的手掌。睜眼一看，鶇正俯視我。逆光中，鶇白皙的肌膚和炯炯發亮的大眼睛格外耀眼。

「幹嘛突然踩我？」

我說著，無奈地爬起來。

「我沒有穿著涼鞋直接踩妳就該感恩了。」

溫熱的腳終於離開我的手心，鶇穿上涼鞋。一旁的爸爸漫聲呻吟著坐起來。

「啊，小鶇。」他說。

「姨丈好。好久不見。」

在我旁邊蹲下的鶫看著我爸露出笑容。我們已經很久沒有一起上學，所以她這種應付外人的笑臉令我莫名懷念，又想起她穿國中制服的模樣。在學校裝乖小孩是鶫的嗜好。一瞬間，我浮現一個念頭：恭一如果和鶫同校不知是否會發現她？嗯，肯定會吧。他和鶫一樣，有種只針對一件事去深深挖掘人生的偏執感。這樣的同類，就算蒙著眼睛也會互相找到對方。

「鶫妳要幹嘛？要去哪？」我說。

風很強，可以感到沙子細細地掃過腳下。

「去幽會，不錯吧。」

鶫浮現幾乎滿溢的燦爛笑容說。

「我可不像某人只能和老爸在海邊閒著發呆。」

我一如既往保持沉默，但是不了解鶫的爸爸似乎有點困窘。

「沒有啦，像我們這樣分隔兩地過日子，長大的女兒就像情人。」他說。

「小鶇如果有時間，也可以坐在這裡看看海。」

「這位老兄還是一樣喜歡講冷笑話啊。好，那我就稍微坐一下吧。反正我太興奮，提早出門了。」

鶇說著，在塑膠布一屁股坐下，瞇起眼看海。鶇的後方，在藍天下清晰映現的遮陽傘，邊緣隨風啪嗟啪嗟瘋狂地翻飛。那種情景太鮮明，我保持躺著的姿勢看得目不轉睛。好像心都會飛到遠方。

「是嗎，小鶇談戀愛了啊。」爸爸說。

他很溫柔。以前那種溫柔在他的人生一再成為絆腳石，但是事態平息後再回頭看，他就像陽光照耀的那片青山翠巒，看起來沉穩又開朗。事物各歸定位發揮那種效力，如此看來倒是一件非常神聖的好事。

「對啊，我是在談戀愛。」

鶇說，在我身旁躺下，毫不客氣地把頭枕在我的包包上。

「小心曬了太陽又發燒。」我說。

「戀愛中的女人很強壯。」

鶇說著笑了，我默默把自己的帽子蓋在她臉上。

「好啦好啦，我能平安無事活到這個年紀，皮膚還能這麼白，吃飯還能吃得這麼香，全都要歸功於瑪利亞替我操心。」鶇說著，蓋好帽子。

我爸說：「小鶇的身體也好多了。」

「托各位的福。」鶇說。

我們三人成了並排仰望天空的架勢，感覺挺奇妙的。遠方天空不時隱約透出微雲緩緩飄過。

「妳的戀愛那麼轟轟烈烈嗎？」

「沒有，比不上姨丈。畢竟你可是每週往返，本來還擔心你們不知會怎樣，居然有了圓滿結局。」

這兩人八字很合得來。鶇的父親是一板一眼的傳統硬漢型，我也見過好幾次正叔因為鶇這樣口無遮攔亂開玩笑而發怒，默不吭聲地從晚餐的餐桌前站起來就走。當然鶇這些年來對此向來不以為意，但我爸不只是優柔寡斷，也明白惡意與善意之分。所以，他知道鶇並沒有惡意。兩人的對話很可愛，我邊聽邊覺得更愛他們了。

「雖然一方面也是因為個性無法半途而廢，不過主要還是要看對方的人品吧。」爸爸說。

「阿姨感覺也蠻有韌性的，最重要的是她長得很美。我還以為阿姨會一輩子待在這裡，等待姨丈每週來探望。那才是情婦的正統出路。」

「如果看得見結局，或許也可能是那種情形吧。」

爸爸認真說。看起來不像是對小姑娘發話，倒像是在對命運女神訴說。

「所謂的愛情，當你察覺時已經陷進去了，不管活到幾歲都一樣。不過，能夠看見結局的，和看不見結局的，兩者截然不同，這點自己應該最明白。看不見結局的情況，就是會出大事的徵兆。我認識現在的妻子時，就突然感到未來有無限可能。所以或許根本不用結婚。」

「那我怎麼辦。」我開玩笑地說。

「有妳在，現在很幸福。」

爸爸像少年似地伸懶腰，放眼仰望山與海與天空。

「總之無可挑剔，棒極了。」

「我喜歡你這種有話直說的俗氣，姨丈是少數能夠讓我變得誠實的人。」鶇一本正經說。

爸爸開心地笑了，「小鶇妳也是，之前想必一直有很多人追吧。這次是前所未有的喜歡嗎？」他說。

鶇微微歪頭，像喃喃自語又像耳語似地說：「嗯……好像以前也有過，但也可以說從未有過。你知道嗎，過去，不管變成怎樣，就算對方在我眼前哭求，就算被很喜歡的人要求牽手或撫摸，我還是覺得自己是……邊緣人。就像在黑暗的河邊隔岸觀火。等著看火什麼時候撲滅，無聊得昏昏欲睡。那樣的戀情，一定會徹底結束。我這個年紀，就常在想戀愛究竟是追求什麼。」

「那當然。人如果付出後沒有得到同等的回報遲早必然會離開。」爸爸說。

「可是，這次我感覺自己也參與其中。或許是因為狗，或許是因為自己要搬家了。不過，恭一真的不同。無論見多少次都不會厭倦，看到他的臉就想把手上的霜淇淋給他抹得滿臉都是，超喜歡的。」

「舉這種例子有點傷腦筋耶。」

我說著，也有點感慨萬千。熾熱的沙子乾爽地碰觸腳底。令人很想對著濤聲反覆許願，祈求鶇今後只有好事發生。

「這樣啊，這樣啊。」爸爸說。「改天也讓我見見那個男孩子。」

鶇嗯了一聲，點點頭。

翌日，我目送爸爸搭上直達東京的急行巴士離開。

「替我向媽問好。」我說。曬黑的爸爸點點頭。爸爸果然大包小包雙手都抱不住，帶了不知究竟有誰吃得完的大量海產。我媽肯定得辛苦分送給鄰居吧。如今，那種情景已清晰根植我心。包括東京的街景，家裡異樣安靜的晚餐，以及爸爸下班回來的腳步聲。

巴士站洋溢暮光，橘紅的光芒反射很刺眼。巴士和來時一樣緩緩駛入後，又載著爸爸緩緩駛向馬路。爸爸一直在揮手。

獨自朝著山本屋走在黃昏中，心情有點落寞。在夏日的尾聲，我想把往返於即將失去的故鄉路上那種清晰的懶散感銘記心頭。就像時時刻刻變幻的傍晚天空，這充滿各種離別的世間，我一個也不想忘。

祭典

來此地度過夏天的觀光客人數過了尖峰期後，這個小鎮就會舉行夏季祭典。換言之，那幾乎是為居民舉辦的活動。以山那邊的大型神社為中心，廣場上排滿臨時攤販，還為了盆舞和神樂搭建舞臺。海灘上也會舉辦大型煙火晚會。

而且，當全鎮忙碌準備時，日常生活也開始摻雜秋意。陽光雖然依舊熾烈，海風卻已略顯溫和，沙子也變涼了。雨水蘊含潮濕的雨雲氣息，靜靜濡濕海邊成排的小船。可以清楚感到夏天已步入尾聲。

準備祭典的某一天，或許是玩得太起勁了，我突然發燒病倒。鶇也跟著倒下，因此陽子像護士小姐一樣在我和鶇的房間來來去去，忙著送冰枕和稀飯。她一再強調「妳們一定要在祭典之前康復」。

我很少發燒，光是發現自己發燒超過三十八度就頭暈了。如此一來，只能滿臉通紅地躺著。

照例對病痛隻字不提的鶇，在接近傍晚時突然拉開門走進來。窗外直到最遠方都是紅色的，有點可怕。我直勾勾地望著，全身軟弱無力，因此也懶得理會鶇，我連頭也沒轉，繼續看窗外。

「發燒了嗎？」

鶇說著踢我的背，我只好翻身把臉轉過來。綁著馬尾一身明豔水藍色睡衣的她看起來精神飽滿。

「我還想問妳咧，妳真的發燒了嗎？」我說。

「這點程度，對我來說是正常溫度。」

鶇笑著說，緊握我從被窩伸出來的手。

「嗯，差不多同樣熱度。」

每次鶇發燒時，手都熱得嚇人，此刻的確沒那種感覺。

「鶫妳已經習慣發燒了。」

再次體認到她一直都在這種狀態下活動，甚至深受觸動。發燒時世界彷彿強烈漂浮。身體笨重，相對的，心卻飛得很遠，會專心地反覆思考平時沒想過的事。

「是啊。不過我沒體力，很快就會倒下。」鶫蹲在我的枕邊說。

「妳好像只有意志力超過正常人雙倍。」我笑著說。

「妳應該說，我只靠意志力活著。」鶫說著也笑了。

這個夏天的鶫美極了。創造出無數任誰看了都會為之驚豔的瞬間。她那開心的笑顏，也如同山頂的淺雪清新又珍貴。

「發燒時，世界看起來很怪吧，很好玩喔。」

鶫格外溫柔地瞇眼說。那個樣子就像很開心找到同伴的小獸。

「嗯，看起來是有點新鮮。」我說。

「像我這樣經常發燒，等於是在那種狀態和正常之間穿梭，對吧。會漸漸搞不清哪邊才是真正的世間，人生超級快速地度過。」

「所以妳才老是那麼嗨，就像喝醉了。」

「對對對。」

鶫笑著站起來，又唐突地走出房間。她的背影如殘影清晰留在我心間。

祭典那晚之前，我倆的身體完全恢復正常了。祭典是四人一起去的。包括鶫和恭一還有我和陽子。鶫很興奮，說要帶恭一見識我們鎮上的祭典。

三個女孩都穿浴衣，也是睽違一年的景象。我們各自替對方綁腰帶，卻不會綁自己的。山本屋寬闊的榻榻米上，攤著深藍底色格外襯托白色大朵圖案的浴衣，再搭配紅色和粉紅色看起來就很廉價簡直閃瞎眼的腰帶。我給鶫綁上紅腰帶。那種時候，會特別感到鶫的纖細。不管怎麼用力綁緊腰帶，那前端彷彿都有無底的黑暗，手中只留下滑溜溜的堅硬腰帶，一瞬間不免驚心。

換好衣服在樓下大廳看電視時，恭一來接我們了。他的服裝和平時一樣，鶫為此責備他：「一點情調都沒有。」他說：「這裡不同！」給我們看腳上的木屐。大光腳丫很有夏日風情。鶫沒有像以往那樣炫耀浴衣的裝扮，白皙的手拉起恭一的手搖晃，像小孩似的催促：「快走快走，放煙火之前還要逛夜市。」

她那個模樣可愛死了。

「咦？恭一，你那邊是怎麼了？」

陽子沒說之前，我們都沒發現。站在玄關略暗處的恭一，眼眶下方浮現一塊已經快要消褪的瘀青。

「跟我交往被我爸發現，所以挨揍了吧？」鶫說。

「沒錯。」

恭一苦笑。

「真的？」我說。

「騙妳的啦。我哪知道啊。先不說別的，我老爸就不可能有那麼強烈的父愛。」

鶇笑著說出令人傷感的話，因此我們也不好意思再追問真相，就此離家。

我們仰望天上朦朧發光的銀河，穿過巷弄和海灘。大喇叭播放的盆舞音樂，不管在鎮上何處都會隨風傳來。大海看似比平時更漆黑洶湧，許是因為海灘被海邊成排燈籠的光芒照亮。人們在黑暗中，彷彿不捨夏天的離去，超乎必要地放慢腳步。每條巷道都擠滿人，今晚似乎全鎮的人都出來了。

我們也遇見很多老朋友。

有小學的，國中的，也有高中的。大家都變得很成熟，就算碰面也彷彿是從已經混雜不清的記憶中窺見一隅的夢中人。我們笑著揮手，交談兩句便錯身而過。笛聲、團扇、海風的風景緩緩映現夜色中，如燈籠般流光溢彩而去。

不到祭典，就不會想起祭典當晚的空氣。只要欠缺一點小細節，就無法重現完整的印象以及「這種感覺」。明年此時，我還會來此地嗎？抑或是在東京的天空下，無比懷念地想著心中不完整的祭典印象呢？

我逛著那些攤位，不免稍微思考了一下。

加入參拜的長長隊伍朝正殿前進時，發生了那起小小的事件。

懶得排隊想要直接略過參拜的鶇，被我和陽子拚命勸說：「唯獨這個絕對不能省略。」

鶇只好勉強一起排隊，但她還是一直很不敬地嘀嘀咕咕：

「你們這些人，真的相信有神明？你們確定？都這個年紀了還信？真以為只要把錢扔進功德箱雙手合十拜一下就能心願成真？」

這種時候，恭一總是笑一笑保持沉默，那種沉默的方式太自然，而且極有存在感。鶇很清楚在他面前可以放肆到什麼程度。她總是很擅長吸引這種人，大概是因為那對鶇而言絕對必要。

神社境內到處都是人，隊伍一直排到臺階那邊。不停響起搖鈴聲和扔香油錢的聲音，隊伍緩慢地逐漸縮短。這樣慢慢走近正殿之際，一再有人橫越隊伍從閒聊的我們之間穿過。在擁擠的隊伍中，那壓根不算什麼。但就在某一瞬間，有個男人用力推開恭一和鶇穿越他倆之間。那是個一看就是所謂「小混混」的瘦削年輕男人，後面還跟著兩三個同樣類型的夥伴。

那種穿越方式的確讓人不大愉快，我們頓時都生氣了。但是恭一的反應可沒那麼客氣。他二話不說就脫下腳上的一隻木屐，咚的一聲狠狠砸向領頭的那個男人後腦勺。

我驚呆了。

男人大喊「好痛」後，摀著頭看恭一。隨即兩眼愣怔地慌忙奔向黑暗中。他的同伴也隨後跟上，推開人群一溜煙跑下狹小的臺階。

目睹所有經過的周遭眾人，在那幾個男人人離去的短暫數秒間陷入靜止。人們隨即又轉向隊伍前方，開始七嘴八舌。

只有我們還在繼續驚訝。

鶇率先開口。

「你、你這傢伙，就算對方粗魯地從我們之間穿過……連我都不會那麼狠。」

我和陽子被她這句話逗得噗哧一笑，恭一說：「不是的。」被照亮的側臉晦暗，只有他的聲音凝重。不過，他立刻恢復開朗的語氣繼續說：「我這個傷，就是剛才那幾個傢伙幹的好事。」

然後，他指著眼眶下方的瘀青。

「在黑暗中突然被偷襲，光是要記住其中一人都不容易了，但我確定就是剛才那傢伙，所以才……」

「這又是為什麼？」我說。

「我爸在這裡的風評很糟。我家的飯店不是也把地價炒高了嗎。當然，一個外來者突然建造大飯店搶走觀光客，他們自然不會有好印象。暫時想必也會飽受攻擊。我爸媽和我都已有心理準備了。不過，只要待上十年，我想，肯定會融入本地吧。」

「這又不關你的事。」我說。

不過，說是這樣說，我也覺得此人內在或許潛藏著刺激人們嫉恨的某種特質。他帶著愛犬一直獨自住旅館，每天四處打量今後要定居的小鎮，立刻就把號稱本地第一美女（……）的女孩子追到手。即將興建的巨大飯店，將來也是他的。世上就是有人單純憎恨這種人。想必就是這樣吧。

「沒問題啦。」陽子說。「我這麼說不是因為我們馬上要搬走，我媽是真的很喜歡恭一，上次還對我爸說，將來如果有你這樣的孩子經營飯店，這塊土地一定也會發展得越來越好。況且，恭一現在住的中濱屋旅館的那些員工，想必也已聽說恭一的真實身分，可他們不也非常疼愛恭一和權五郎嗎？恭一也有幫忙旅館的人做事。一個夏天就能增加這麼多夥伴，所以絕對沒問題。只要住下來，立刻就能融入了啦。」

陽子說這種話時實在太抓不到重點，偏又努力得可怕，令人聽了有點想哭。恭一只回了一句「嗯，是啊」，我默默點頭。鶇始終沉默地直視前方，但我知道那個綁著紅腰帶的瘦小背影分明也在傾聽。

最後終於輪到我們參拜。我們搖響鈴鐺，合掌膜拜。

距離放煙火還有時間，因此鶇說想和權五郎玩，大家一起去了恭一住的旅館。那裡離海邊很近，一旦開始放煙火立刻就能飛奔到海灘。

綁在院子裡的權五郎一看見恭一就開心得跳起來。鶇跑過去，一點也不在意浴衣下擺沾上泥土。

「哇，是權五郎！」她說著和狗嬉鬧。

陽子看了很感慨地說：「鶇真的很喜歡狗。」

「只是以前誰都不知道。」

我笑著說。鶇有點沒好氣地轉過頭說：

「因為狗不會背叛。」

「啊，我懂妳那種說法。」恭一說。

「摸權五郎的肚子時，我常常在想。這傢伙還是小狗，所以八成至死都會在我手裡吃東西，一直和我在一起吧，那樣想想其實很厲害。或許是動物的天性單純。至少在人類身上不可能吧。」

「你是說不會背叛？」我說。

「……或者該說，人總是不斷邂逅新的人事物，一點一點漸漸改變對吧。不管怎樣，都會忘記各種事，或是做出割捨。大概是因為要做的事情太多了。」

「噢，原來是這個意思。」我說。

「就是這個意思。」

鵺繼續逗權五郎，如此說道。旅館的院子裡，排放著很多精心照顧的盆栽。有些窗子亮著燈，玄關那邊不斷傳來穿梭祭典的人們說話聲和木屐聲。

「今晚的星星好美。」

陽子仰望天空。以朦朧發光的銀河為中心，周遭暈染似的星光散布整片夜空。

「恭一在院子嗎？」

朝傳來聲音的窗子一看，那裡原來是廚房。看似在旅館工作的大嬸從窗口探出頭。

「在，我在！」

他像少年般回答。

「你朋友也在吧？我聽到聲音。」大嬸說。

「對，有三個人。」

「那你們一起吃這個。」

大嬸說著，遞出放了很多切成小塊西瓜的大玻璃盤。

「不好意思，謝謝。」

恭一接下。

「別待在那樣黑漆漆的地方，到客廳吃吧？」

「啊，沒關係，謝謝，謝謝。」

恭一笑了。我們也鞠躬說聲謝謝招待，大嬸笑著說：

「不客氣，不客氣，恭一每次也幫了很多忙。就算是大飯店的少東家也值得原諒。這孩子很受歡迎喔。等你家飯店蓋好了，可別忘了介紹一些客人過來。客人打電話去你家預約時，三通之中就有一通你得拒絕，然後告訴對方：『我家不巧客滿了，推薦您去中濱屋旅館。』」

「好的，沒問題。」

恭一說，大嬸笑著關上窗戶。

「你這人也很受老女人歡迎欸。」

鶇立刻拿西瓜，一邊說道。

「應該還有別的說話方式吧。」

陽子規勸，但鶇當成耳邊風，滿頭大汗地逕自吃西瓜。

「你真的幫了那麼多忙？」我問。沒聽說過有哪個房客會幫忙旅館做事。

「嗯，反正也沒別的事可做，舉手之勞罷了。旅館似乎人手不足，早晚都很忙。不過對方也同意收留我的狗，而且還請我吃東西。」

靠。

恭一笑言。正如政子阿姨所說，就算我們離開了，有他留在這裡，感覺很可靠。

西瓜水分十足，帶有很淡的甜味。我們蹲在黑暗中大快朵頤。用來洗手的自來水冰涼，在黑暗的泥土地上匯聚成一條小溪流淌。權五郎起初羨慕地看著我們吃東西，之後小身子悄悄躺倒在草叢閉上眼。

我們看著各種事物長大。並且時時刻刻在改變。這點以各種形式反覆讓我們感知，同時不斷前行。即便如此如果還有想挽留的，那就是今晚。在那之中，洋溢小小的靜謐幸福，甚至已無需其他。

「今年的夏天超棒。」恭一說。

也許是要回應他這句話，鶇說：

「西瓜超好吃。」

突然間，天空爆出巨響，歡聲響起。

「放煙火了。」

鶇兩眼發亮地站起來。抬頭一看，巨大的煙火從建築物背後出現，嘩地散開。我們彷彿要追上隨後出現的爆裂聲，大步跑過海灘。

沒有任何東西遮擋的海上綻放的煙火，宛如宇宙本身，看來不可思議。我們並排站在海邊，幾乎不發一語，痴望著不斷綻放的煙火。

憤怒

鵺真的動怒時，就像是整個人急速降溫。

只有在她真正生氣時才會那樣。平時鵺經常發脾氣，或是面紅耳赤地大聲罵人，但我說的不是那種時候，當她打從心底以憎惡的眼神直視對方時，她完全變了一個人。她忘記一切，渾身染上憤怒的蒼白冷光那種樣子，總讓我想起「高溫的星星不是紅色而是蒼白地發光」這種說法。而且，就連一直在她身邊的我，都很少看到她那麼憤怒。

我記得那是鵺剛上國中時。陽子和我還有鵺，彼此正好都差了一個年級，就讀同一所國中。

某日午休時。那天下雨，一切都顯得陰霾晦暗。學生們全部無法外出，只能在教室玩。轟然響起的笑聲，在走廊奔跑的聲音，叫喊聲……大雨如瀑布嘩嘩流過教室的玻璃，這些雜亂的吵鬧聲，在封閉的陰暗校內如海鳴遠遠近近地響起。

在這之中，玻璃突然驚天動地破了。

還混雜「喀鏘！」這尖銳的噪音。

一瞬間，教室的聲音猛然靜止，之後立刻變成更大的騷動。跑到走廊的某人說，是陽臺那邊傳來的，頓時，正閒著無聊的學生爭相衝出教室。陽臺位於二樓走廊的盡頭，玻璃門外放的是理科課程培養的植物盆栽、兔子籠，以及多餘的椅子之類。我猜那八成是玻璃門破裂的聲音，也漫不經心跟在大家後面去看熱鬧。

可是，當我探頭朝吵鬧的人牆那頭一看不禁大吃一驚。玻璃碎片的中央，竟是鵺獨自佇立。

鵺忽然說：「要我再繼續展示一下我有多健康嗎？」

她的聲音幾乎毫無抑揚頓挫，卻蘊含力量。我朝鵺的視線前方望去。那裡站了一個臉色慘白的女生。她和鵺同班，是和鵺關係最惡劣的女生。

我慌忙問旁邊的同學到底出了什麼事。那個同學說，她也不清楚，不過好像是因為鶇本來被選為馬拉松選手，鶇推辭後就由那個女生遞補，結果那女生不甘心，午休時間把鶇叫到走廊上，似乎說了什麼風涼話。後來鶇就二話不說揮起椅子把玻璃給砸了。

「剛才說的話，妳再說一次試試看。」鶇說。

那個女生不敢回話，周圍的人都緊張得吞口水。甚至沒有任何人去叫老師。許是被自己砸破的玻璃割到，鶇的腳踝有血跡，但她完全不以為意，只是直視著對方。我發現她的眼神真的很可怕。不是小太妹那種可怕，是瘋子。鶇的眼睛沉靜發亮，似乎看著無垠的遠方。

如今想來鶇或許是打從那天起，在學校就開始變得不愛出頭。那是她最後一次公開亮相。不過當時在場的人肯定畢生難忘。那一刻鶇全身散發出的強烈光芒，以及那雙瀰漫著憎惡的能量，說不定會殺死對方或自己的眼睛。

我撥開人牆走進去。鶇用顯然只把我當成礙事者的眼神瞄我一眼，霎時之間，我感到內心深處有點驚慌。

「鶇，好了啦，算了。」我說。鶇一定希望有人來阻止。因為她自己也不知道該怎麼辦。圍觀者因我的出現越發緊張，我感覺自己就像跳到狂牛面前的鬥牛士。

「我們走吧。」

我抓住鶇的手臂，當下愣住了。她的眼睛雖然冷靜地回視我，手臂卻是滾燙的。這丫頭氣得散發高熱！我暗自一驚，陷入沉默。頓時，鶇冷淡地迅速甩開我的手。氣惱的我試圖再次抓住鶇的手臂時，和她吵架的那個女生猛然轉身，小跑步逃走了。

「啊，慢著！」

鶇說，我想按住她，就在掙扎的鶇即將和我展開新的戰爭時，陽子緩緩從樓梯上出現了。

「鶇，妳在幹嘛？」

陽子走過來說。鶇大概是已經放棄，覺得沒用了，突然停止發飆，一手慢慢推開我。陽子依序審視玻璃碎片，週遭的人們，以及我的樣子。

「發生什麼事了？」

她神情困惑地問我。我吶吶難言。因為我覺得不管怎麼回答都會嚴重傷害鶇。吵架的導火線是鶇的身體，我很清楚那對鶇而言有多麼不甘心。

「呃……」

我開口時，鶇低聲說：

「夠了。跟你們無關。」

她的聲音荒涼。甚至似乎不剩絲毫希望。然後鶇用腳靜靜踢散碎片，嘩啦嘩啦的聲音在走廊響起。

「鶇……」

陽子說，鶇像要表示「煩死了，夠了！」似的猛抓頭。她是當真這麼做，幾乎抓得頭皮出血，因此我們連忙阻止她。鶇放棄掙扎走進教室，拿著書包出來。

之後就這樣走下樓梯回家去了。

看熱鬧的人群散去，玻璃被收拾乾淨，陽子去找鶫的級任老師道歉。我也回到自己的教室，隨著鐘聲響起，若無其事地開始上課。但我的手還在發熱，好似緩緩發麻。是鶫的熱度帶著不可思議的觸感留在我手上。那像殘影有種莫名明亮的餘韻，久久仍未消失。我定睛注視發麻的手心，對於鶫的憤怒「擁有生命，在她體內盤旋」這件事，想了很久很久。

「權五郎不見了，好像被抓走了。」

恭一打電話來找鶫時，聲音實在太陰暗、太急促，我不禁問他出了什麼事，他才這麼告訴我。一瞬間，上次在神社遇到的那幾個找恭一麻煩的男人身影，帶著不祥的預感掠過腦海。

「你為什麼會這麼想？」

我雖然嘴上這麼說卻也感到內心湧現急躁。

「因為繩子是被割斷的。」

恭一強裝鎮定的聲音，如此說道。

「好，我馬上去。鶇現在去她常去的醫院不在家，我會留話給她。你在哪？」我說。

「海岸入口的電話亭。」

「那你就待在那裡，我馬上過去。」

我說完，掛斷電話。

我拜託阿姨傳話給鶇，把在房間睡覺的陽子拖出來，一起跑出門時順便向她解釋。恭一就站在打電話的地方。發現我們後表情稍微放鬆，但是眼神還是很僵硬。

「我們分頭去找吧。」

陽子說。看到恭一的樣子，她似乎忽然了解現況的嚴重了。

「嗯，那我去街上，你們幫我找海邊。萬一發現擄走權五郎的人，你們也不用聲張。立刻回來這裡就好。」恭一說。「之前狗叫得很凶，我覺得奇怪，出去看時狗就已不見了，可惡。」

然後，他奔向通往街上的巷道。

我和陽子以海灘中央伸向海中的堤防為記號，分別去左右兩頭找權五郎。夜色已將降臨。天上開始有幾顆星星閃爍，空氣時時刻刻疊上一層又一層的藍布。我越發著急，大聲呼喊權五郎。我跑了又跑，從通往河流的橋上以及松林中一再呼喚，可是始終沒有狗叫聲回應我。我好想哭。每次氣喘吁吁駐足，視野就變得更暗，只有無邊的大海模糊延伸。即使權五郎掉到海裡，這麼暗也不可能發現。想到這裡就更是心急如焚。

回到堤防中央時，我和陽子都已精疲力盡汗流浹背。我們商量要再分頭搜尋一次，同時站在堤防前端一起呼喊權五郎的名字。沙灘和海面都已一片漆黑形成一個空間，相對的，我們渺小的手腳似乎也被黑暗徹底包覆。燈塔的燈光定期掃向這邊，之後又轉回遠方的海面。

「那我們走吧……」

我說著，驀然朝沙灘那邊一看，暮色漸沉的昏暗色調中，兀自亮起一盞探照燈似的強烈燈光，過了橋朝我們這邊走來。緩緩橫越海灘的步伐異樣堅定。

「咦，那該不會是鶇吧。」

我在濤聲中嘀咕。

「啊？」

轉頭的陽子，頭髮被風吹得亂七八糟映現在黑夜中。

「那個朝這邊過來的燈光。應該是鶇吧？」

「在哪？」

陽子瞇起眼注視海灘亮起的光點。

「太遠了看不清楚。」

「肯定是鶇。」我是真的這麼覺得。因為對方筆直朝這邊前進，除此之外不做他想。我毫不遲疑地大喊：

「鶇！」

然後在黑暗中用力揮手。

頓時，那團燈光也在遠處晃了兩圈。果然是鶇。之後燈光緩緩朝這邊轉彎。接著，到了堤防拐角處，終於可以確認鶇嬌小的身影。

走近的鶇不發一語。挾著撕裂黑夜的強大氣勢大步朝這邊走來。燈光朦朧照亮她咬緊嘴唇的鐵青臉色。看到她的雙眸時，我才醒悟鶇在發怒。她的左手抱著旅館最大的燈，右手上，是濕淋淋縮小了一圈的權五郎在掙扎。

「妳找到牠了？」

我差點沒跳起來，連忙跑過去。陽子的臉上也展露笑意。

「在橋的對面那頭。」鶇說。她把燈交給我，纖細的手臂重新抱緊權五郎。

「牠嘩啦嘩啦地拚命划水。」

「我去叫恭一！」

陽子說著朝海灘那邊跑去。

「妳去撿木頭，生火給狗烤乾。」

鶇抱著權五郎命令我。

「如果隨便生火會挨罵，還是等回到山本屋再拿暖爐出來吧？」我說。

「有這麼多水沒關係啦，如果就這樣回去，照樣也會被我老媽臭罵一頓。」鶇說。

「不信妳拿燈照我一下。」

我依她所言把燈光對著她，當下大驚失色。鶇的腰部以下全濕了，還在滴滴答答滴水在水泥地上。

「到底是河的哪一帶啊！」

我沒出息地哀號。

「看了也該知道，是水很深的地方啦，笨蛋。」鶇說。

「好吧，我去撿木頭！」

我說著跑去海灘。

權五郎起初嚇壞了，只是一直發抖渾身僵硬，後來終於鎮定下來，開始繞著火堆周圍走。

「這傢伙不怕火。牠還是小狗崽時，我們全家去露營一定會帶牠去，所以已經習慣火堆了。」

恭一眼泛溫柔這麼說時，臉孔被火光照亮。

我和陽子並排蹲著點點頭。生的火堆雖小，但在海風強勁又有點冷的夜晚，散發恰到好處的暖意不時照亮黑暗的波間。

鶇默默站著。總算有點烘乾的裙子，依舊黑黑的貼在腿上。不過鶇定睛凝視火焰，頻頻把我搜集來的木片和漂流木扔進火中。鶇的眼珠子非常大，而且皮膚也白得發亮很可怕，嚇得我不敢出聲。

「這個小傢伙，已經乾得差不多了。」

陽子說著，摸摸權五郎。

「我後天帶牠回去。」恭一說。

「啊？恭一你要走了？」我說。鶇猛然抬頭。

「不，只是回去一趟把狗放回家裡。發生這種事，我實在不放心把牠留在旅館。」恭一說。

「為什麼是後天？」陽子問。

「我爸媽出去旅行，後天之前家裡沒人。」恭一說。

「欸，既然這樣，就讓權五郎和後面那家的波奇一起待在小屋裡吧。」陽子說。「這樣到後天之前應該比較安心吧。」

「啊，這個主意好。」我也說。

「嗯，如果能這樣就太好了。」恭一說。

圍坐在火堆邊的我們，心情忽然溫暖平靜多了。

「鶇，早上我去叫妳，我們一起散步吧。兩隻狗待在同一個地方，方便多了。」

恭一仰望站著的鵺，如此說道。

「嗯。」

鵺應了一聲，微微笑了。潔白的牙齒，被火光照亮稍微露出。她站在黑暗中，長睫毛的影子落在臉頰，伸出幼兒似的小手烤火。但我還是覺得鵺在生氣。此刻，鵺有生以來頭一次為了自己以外的事物憤怒，那副模樣看起來有點神聖。

「下次如果再發生這種事，」鵺說。「就算我已經搬走了，也會回來殺掉他們。」

即使說出這種話，鵺的雙眸依舊清澈，表情也很平和。她的說話態度實在太視若平常，令我們好半天都說不出話。

「嗯，是啊，鵺。」

最後恭一說。我聽見他說到「鵺」時的聲音淡淡消失在海浪間。夜深了，滿天繁星。我們沒向家裡報備，懷著不捨離去的心情，一直待在那堤防的最前端。大家同樣都很愛權五郎，覺得牠是無可取代的寶貝。或許是感受到我們這種心情，權五郎哼哼唧唧逐一把腳搭在每個人的膝上，或是舔舔我們的臉，似乎開始慢慢遺忘之前降臨在自己身上的可怕事件。風很強，火堆的火焰屢次大幅搖晃看似即將熄滅，但每次鶇就像扔垃圾般隨手扔塊木頭，火就又旺起來了。嗶嗶剝剝的木材爆裂聲，混雜濤聲和風聲，似乎朝黑暗的背後吹去。大海一片漆黑，將平滑的表面送往沙灘。

「你沒事真是太好了。」

陽子一把抱住又爬到她膝上的權五郎站起來。她任由長髮在背後飛揚，凝視外海說：

「風很冷，秋天馬上要到了。」

夏日將盡。

這個念頭令我們有點沉默。一瞬間，我衷心祈求，要是這樣下去鶇的衣服永遠烘不乾，火永遠不熄就好了。

翌日，恭一來告訴我們，他在鎮上找到擄走權五郎的其中一個男人，拽到神社痛毆一頓。他自己也傷痕累累，但鶇聽了之後非常高興，陽子和我連忙替恭一包紮傷口。權五郎正和波奇在院子睡在一起。

再過一天，權五郎應該就能回家了。只要再一天就好。

然而，那晚權五郎再次被擄走了。當時我們都不在家，政子阿姨聽見叫聲跑去時，據說籬笆門開著，權五郎消失了。只剩下波奇弄得鏈子嘩啦響，大聲叫個不停。

我們這次是真的幾乎哭出來地在海灘四處奔跑。四個人在海邊一直走到半夜，還划船出海拿著燈搜尋，委託朋友去河裡和街上找。

然而，好運沒有再次降臨。權五郎終究沒回來。

「我搬家之前你就會回來吧？」

鶇倔強的雙眸凝視著恭一說。那是人們為了不讓眼淚落下，做出的舉世最悲傷的表情。

恭一笑著說：

「嗯，我就去兩三天。」

沒有權五郎陪伴的他，在海邊就像少了一隻手或一隻腳的人，看起來很不平衡。他在這陌生的地方，的確失去了類似手足的東西。

「是啊，又不是小朋友了，應該不至於離不開爸媽。」鶇說。

傍晚的海面在陽光下洋溢金黃色。我和陽子走在後面，看著他倆那樣交談著並肩走過通往港口的海邊堤防。這趟給恭一送行，陽子已經快哭了，我也心神恍惚，只覺秋風靜靜拂過臉頰。
而我，下週也要回東京了。
這樣充斥耀眼光芒，任由餘光在西邊的水平線閃爍卻毫不惋惜地逐漸暗淡的海，今年也不知見過幾次了。
港口擠滿人潮，等待幾分鐘後即將出現的今天最後一班船。恭一坐在隨手擱置的包包上，把鶫叫過去讓她坐在旁邊。二人並肩凝視遠方海面的背影，有點淒涼，不知怎的又有點毅然，彷彿等待主人的狗。
眼前是明確宣告秋天來臨的洶湧海浪，一波波閃爍光芒。每次看到這個季節的海總會萌生心頭發緊的感傷，今年卻是被意想不到的痛苦刺痛內心。連我都在面臨這別離時，不自覺按著太陽穴，不時將腳邊釣魚的魚餌踢落海中，強忍淚水。
這也是因為鶫一再說「你什麼時候回來？」或「如果有空打電話，不如早一天搭電車」這種話時，聲音實在太讓人憐惜了。鶫透明的聲音與濤聲重疊，似乎不可思議地奏出美妙的音色。

「就算離開了，也不能稍有忘記喔。」

鶫再次喃喃低語。

船一如往常，從外海筆直破浪而來。鶫站起來，恭一把行李扛到肩上，說聲「我走了」，看著我們。

「對了，瑪利亞也要回去了吧。說不定妳剛走我就回來了。下次見。等我家的飯店蓋好了歡迎妳來住。」

「嗯，到時候要算便宜點。」

我說著，主動與他握別。

「那當然。」

夏天認識的朋友說著，也用溫熱的手回握我的手。

「恭一，你跟我結婚吧，我們可以在飯店的院子養一大堆狗，叫做『狗宮殿』。」

鶇用天真無邪的聲調說。

「……我考慮看看。」恭一苦笑。接著也與紅了眼眶的陽子握手，「謝謝妳這段日子的照顧。」他說。

船在陸地搭上板子，人們開始排隊依序上船。恭一說「那我走了，我會很快回來」，他看著鶇。鶇忽然說：

「如果你也敢跟我握手我就殺了你。」

她摟住恭一的脖子。

那是瞬間發生的事，但鶇沒有抹去洶湧的淚水，逕自把恭一往船那邊推。恭一默默凝視鶇，隨即追上隊伍的尾巴上了船。

伴隨汽笛聲，船朝著海天邊界逐漸模糊的彼方緩緩啟動。站在甲板上的恭一始終在揮手。鶇蹲下身子，也沒揮手，只是目送船遠去。

「鶇。」

等到船完全消失後，陽子喊道。

鶇說「典禮結束」，若無其事地站起來。

「只不過是狗死了，就眼巴巴地趕回去。說來說去，大家都才十九歲，簡而言之，是小朋友的暑假。」

她那句喃喃自語似的感言，正巧道出最近我一直在朦朧思考的念頭，因此我說：「嗯。」

之後我們三人就像電影的最後一幕，默默站在港口的最前端，望著外海，望著夕陽西沉後映現暮色的天空。

過了五天，恭一還是沒回來。他打電話來，鶇好像憤怒地掛斷了。

我在房間寫報告時，陽子敲門走進來。

「什麼事？」我說。

「欸，鶇最近每晚都去哪了妳知道嗎？」陽子說。

「她現在也不在家。」
「應該是去散步吧？」我說。
恭一走後，鶇整天心情煩躁，最近脾氣變得很壞，我看她可憐去陪她，她卻拿我出氣，所以我已經懶得管她。
「可是波奇還在。」
陽子憂心地說。
「是喔。」
我歪頭思忖。鶇每次的行動都令人摸不著頭緒，但這次我猜得到。
「有機會的話我問問她。」
我說，陽子點點頭走了。
為什麼大家都不了解鶇的本性呢？鶇故作萎靡不振，恭一和陽子都信以為真。鶇成功地表現出悲傷勝過憤恨的樣子。可是，鶇不可能眼睜睜看著狗被殺還默不吭聲。她會復仇。她肯定是為此每天出門。都已經體弱多病了還不安分，真是大笨蛋！我在一瞬間感到氣憤，卻無法告訴陽子。

後來，鶫大概是回房間了，隔壁房間傳來動靜。緊接著，也聽見狗汪汪叫的聲音。

我去鶫的房間，邊拉開紙門邊說：

「妳在搞什麼？把波奇帶進屋了？會被阿姨揍……」

說到這裡，我驚愕地啞然。當然，那並非死掉的權五郎，卻是同樣品種的狗，模樣相似得令人當下嚇一跳。

「這是怎麼回事……」我說。

「這傢伙是我借來的。馬上就得歸還。」

鶫笑了。

「我忽然很想念狗。」

「少騙人了。」

我只擠出這句話就在鶫身旁坐下，摸著那隻狗，我急忙動腦筋。很久沒體會到這種雙手顫慄的感觸了。這種時候，如果不猜出鶫的想法，鶫會就此閉口不談。

「總之，妳正在計劃讓那些傢伙看到這隻狗吧？」我說。

「很好。妳果然聰明。」鶫笑了一下說。

「和妳分隔兩地後，周遭都是不懂別人心思的笨蛋真是累死了。」

「妳的心思誰也不會懂。」

我笑了。

「今晚的事，想聽嗎？」

鶫抱起狗，如此說道。

「嗯，我想聽。」

我靠近鶫。這種時候，不管過多少年，我們還是會變成小孩分享祕密。夜晚的密度似乎突然濃縮令人興奮。

「最近我一直在調查，那群看似小混混的傢伙到底是什麼團體。晚上我不是都不在家嗎？」
「嗯。」
「說穿了很簡單，他們看起來老，其實還是高中生。是本地的不良少年。平時都聚集在鄰鎮的酒吧。」
「鶫，妳去過了？」
「嗯，今晚去的。果然還是會雙手發抖。」
鶫說著伸出雙掌給我看。沒有發抖，是白皙的小手。我莫名感慨地凝視那雙手掌，聽鶫敘述。
「我抱著這隻狗，走上通往酒吧的樓梯。那間店在二樓。那些傢伙，雖是品行低劣的人渣，但他們不可能有勇氣弄髒自己的手殺狗。肯定只是把權五郎扔進海裡——就算給權五郎身上綁了鉛錘之類的重物，我想，八成也沒有親眼確認牠死了沒有。」

想到權五郎，到現在，還是會在憤怒之前先感到眼前一暗。

「只要展示一下這個小傢伙就行了。不過妳也知道，如果人太多會很不利，萬一他們追來我不就完了？所以開門時，我還真有點害怕。不過，我做到了。幸好運氣不錯，只有一個人坐在吧檯前，是我見過的傢伙。他來回看著我和狗，露出錯愕的眼神，我就狠狠瞪他一眼。然後立刻轉身，用力關上門衝下樓梯。我心想這時就算逃跑八成也跑不過對方，乾脆躲在樓梯底下。幸好那傢伙只是開門看一下又關上了，那時我的腿一直在發抖。」

「聽起來很冒險。」

「嗯，我都發燒了。」

鶇驕傲地笑了。

「小時候，好像每天都感到這麼強烈的危機，我現在是不是墮落了。」

「這算哪門子墮落，妳本來就身體不好，別把那想得跟試膽遊戲一樣好嗎。」

我說。鶇肯告訴我，至少讓我稍微安心了。

「我要睡了。」鶫說著已經半鑽進被窩。「幫我把這傢伙綁在外面好嗎？如果放在波奇那邊，我怕也許又會被偷走，所以綁在陽臺下就好。」

鶫看起來很累，因此我點點頭，抱著狗起身離開。我把臉埋進那小腦袋，「有權五郎的味道。」我驀然脫口而出。

鶫小聲說，是啊。

我把房間弄得一片漆黑，陷入沉睡。

夢中隱約感到遠方好像有什麼動靜。我朝紙拉門那邊哼了一聲翻個身後，倏然發現那個動靜伴隨啜泣聲，咚、咚、咚的上樓來了。

被抽離黑暗的那種可怕的非現實感，終於讓我醒來。

意識清醒後，越發確定那個聲音是往這邊來，我就像做惡夢，一瞬間弄不清自己究竟是在哪醒來。短暫數秒後眼睛適應了黑暗，自己的手腳和被套的潔白隱約浮現。

接著是拉開紙門的聲音。

是鶫的房間，我慌了，這次是真的清醒地站起來。我聽見聲音。

「鶫。」

是陽子的聲音。我走出房間，從昏暗的走廊看鶫的房間。紙拉門開著，陽子站在裡面。

月光照亮鶫的房間。鶫坐起上半身，只見她瞪大的雙眼在黑暗中發出白光。而她的視線前方，陽子渾身泥巴，正哆嗦著凝視鶫，一邊還在抽泣。在那不停打嗝似的聲音中，鶫面露畏怯，渾身僵硬動也不動。

「陽子，這究竟……」

我說。我萌生可怕的想像，懷疑她該不會是被那幾個男生襲擊了。然而，陽子語帶平靜說：

「鶫，我剛才做了什麼，妳知道吧？」

鶫聽了之後，沉默地緩緩點頭。

「妳不該做那種事。」

陽子說著，用髒兮兮的手抹臉。她無法遏止地發出斷斷續續的抽噎聲，一邊拚命說：「那樣子，會死掉的。」

我聽得一頭霧水。只是看著燈也沒開就這樣對峙的姊妹倆。鶫倏然垂眼，不知是否跟恭一學來的，胡亂拽出壓在枕頭底下的漂亮毛巾遞給陽子。

「……抱歉。」

鶫會道歉可不是小事情，我不由倒抽一口氣。陽子微微點頭，接過毛巾，抹著眼淚走出房間。眼看鶫猛然鑽進被窩，手足無措的我，追上正要下樓的陽子。

「出了什麼事？」

我詢問的聲音，在昏暗的走廊格外響亮，我嚇了一跳，連忙壓低嗓門。

「妳沒事吧？」

「嗯，沒事。」

陽子說著露出笑容……太暗了我看不清是否真是如此，但我能感到那種溫暖的氣息透過黑暗傳達而來。然後她說：

「妳猜鶇用那隻小狗做了什麼？」

「啊？我剛剛才把狗綁在陽臺呀。」

「瑪利亞，妳被騙了。」

陽子說到這裡不禁噗哧一笑。

「我終於知道，鶇每天晚上都在幹什麼了。」

「不是去偵察敵情嗎？」

我說完才赫然一驚。以鶇的能耐，打個電話應該就能查出鄰鎮酒吧的消息。

「她在挖坑。」陽子說。

「啥？」

我不禁再次大喊，陽子把我帶進她的房間。

終於走進有光的地方，剛才在黑暗中的種種事情，好像全都是令人頭暈眼花的一場夢。陽子果然滿身泥巴，我催她趕緊去洗澡，但她說：「不，先聽我說，我剛才去冒險了。」接著她開始敘述坑洞的故事。

「是個大坑洞。非常深。

「也不知道鶇是怎麼挖的，挖出來的土都運到哪去了。每晚，她肯定是在大家都睡著後去挖坑，到了早上就蓋上硬木板掩上土……。

「我本來睡得很熟。可是不知怎的忽然醒了，我豎耳一聽，好像隱約聽見呻吟。我非常害怕，又懷疑也許只是錯覺……總之好像是從院子那邊傳來的。於是，我走下院子一探究竟。像這種緊張刺激的事，會讓人很想試試看，對吧。我打開籬笆門……一片漆黑，只能摸索著出去，但聲音好像不是來自我家。是後面那戶養波奇的人家。我懷疑說不定是有小偷闖入被綁起來了，但波奇沒有叫……不管怎樣，我決定先看看波奇的狀況再說，於是開門出去看。等我一走進院子，妳也知道的，一片漆黑時會對氣味特別敏感，對吧？有股比平時更濃烈更新鮮的土腥味。我納悶地站著，就聽見呻吟聲……從土裡傳來，我心想不會吧，連忙把耳朵貼著地面一再確認。等我的眼睛漸漸習慣黑暗後，仔細一看，波奇的旁邊不就是權五郎？我嚇了一大跳，懷疑自己不知不覺誤入非現實的世界。可是再仔細一看，毛色有微妙的差異，而且不知怎的兩隻狗的嘴巴都被套上嘴套。我不知道該怎麼辦，也搞不清楚這是什麼狀況，只好先拿出手電筒照亮地面。結果就在狗屋的正前方，我發現泥土不同。我翻出鏟子，拚命挖土。然後就露出了厚木板。我拿鏟子的握柄試著一敲，就有呻吟聲回應。之後我簡直是拚了老命。我用雙手一鼓作氣搬開木板，往洞裡一照，在那又窄又深的坑洞中，居然有個男人。那有多可怕妳知道嗎？那個人的嘴巴貼著膠帶，額頭染血，伸長的雙手沾滿泥巴。當我認出他是擄走權五郎的那群人之中的一人時，我的腦海浮現鶇的臉。我恍然大悟，是鶇幹的。要把那個人拉上來又費了一番功夫，我伸出手，可是他一次又一次滑落。那個洞就是有這麼深。我也變得這樣滿身泥巴，但總算救起他，給他撕掉膠帶。再仔細一看，分明還是個孩子嘛。大概才高中生的年紀呢。而且，他看起來隨時都會哭出來，我倆都累得說不出話，只是癱坐在地上。當然，也不可能有話可說就是了。我一直在想著鶫。一直想她從小到大的種種。然後就真的很難過，在黑漆漆的院子，看著鶫挖的深洞，我不停掉眼淚。就在我發呆之際，那個男的搖搖晃晃走出籬笆門了，我心想，必須把這個坑洞收拾一下，只好暫時又蓋上木板和泥土……然後才回到這裡。」

陽子敘述完畢，拿著換洗的衣服下樓去浴室了。我的腦中塞滿太多事情，恍恍惚惚地回到自己的房間。經過鶫的房間前面時，我遲疑了一下要不要進去，最後還是作罷。

因為我想她說不定對一切都很不甘心正在哭。

鶫絕對不會草率行事。她今晚做的事情有多誇張，光是用想的都頭暈。

鶫的確背著大家，每晚都半夜去挖洞。她把土運出來，神不知鬼不覺地在別人家的院子挖了洞。另一方面，也在鎮上四處物色酷似權五郎的狗。或許是用甜言蜜語哄人家答應把狗借給她，也或許是花錢買來的。然後她隨便捏造今晚的冒險故事告訴我，叫我把狗綁在陽臺好讓我安心。因為她身邊疑心病最重、直覺最靈敏的人就是我。接著鶫去了院子，封住兩隻狗的嘴以免對侵入者吠叫，把防止別人摔落用來遮掩的木板移開，用單薄的瓦楞紙之類做出真正的陷阱。如果他們來了一群人，鶫的計畫大概會泡湯。說不定她就是看準那群人之中的某一人落單時才去店裡。鶫想必一直守著，等待不知是否會在半夜出現的敵人。況且敵人也不一定會在今晚上門。結果，恰好那人獨自來了。只為了確認他們明明已經殺死的權五郎是否還活著。鶫算準時機從背後接近他，拿什麼東西敲他腦袋。接著趁對方驚慌失措時給對方嘴巴貼上膠帶，推進洞裡。放上木板，蓋上泥土，回房間。

——我不知道那種事是否真有可能。但鶫做到了。除了被陽子發現之外，一切都如她所計劃。我不懂，她那樣縝密行動的執念能量，究竟是從何而來為何而生簡直令人費解。

我在被窩裡繼續思考此事無法成眠。天快亮時，窗外東方的天空隱約泛白的程度讓人疑心那只是自己的錯覺。我終於起床眺望還很暗的海面。然而，應該的確在那裡的海，仍沉在藍黑色中彷彿開了一個大洞。那一幕緩緩滲入我睏倦的腦子：「鶫是豁出自己的命了。」

這個念頭，在意識到陽子早就明白這點後，伴隨驚愕湧現。比起恭一的事，比起未來，她更想這麼做。鶫想殺人。她完成了早已超出自己體力極限的作業，堅信對方的死遠比愛犬之死輕如鴻毛。

之前在晚上碰面時，鶫描述冒險時異樣興奮的樣子一再重現我心頭。原來鶫一點也沒變。無論是和恭一戀愛，和我們共度的歲月，即將搬家展開的新生活，乃至波奇，都未能給鶫的心帶來任何變化。她從小就毫無改變，一直活在自己的思想世界。

……每當這麼想，鶫抱起酷似權五郎的小狗時那抹笑容，就會如溫暖的陽光明媚掠過心頭。啊，那一幕純淨無暇，真的很耀眼。

「我怎麼可能真的殺人？只不過是讓他吃點苦頭，打算嚇唬他一下罷了，你們幹嘛大驚小怪窮緊張。真是一群膽小鬼。」

本來應該可以看見鶇如此嘲笑我和陽子，露出瞧不起人的眼神。

我一直在等著那個。

可是，鶇立刻住院了。發燒，腎功能減退，過勞造成體力衰退，總之所有的毛病都在鶇結束「作業」後一口氣爆發出來，擊垮了鶇。

任誰做了那麼多事都會變成這樣吧，我抱著這樣被打敗的心情，目送鶇呻吟著被送上計程車。

——笨蛋，我都要走了。

我暗想。

對著鶇滿臉通紅皺緊眉頭似乎很痛苦的睡臉，不知怎的我甚至湧起一種憤恨。

明明還有很多話想跟她說，本該帶狗去散個步在海邊道別的。已經無法挽回的這每一樁事，都令我莫名悲傷。政子阿姨陪鶇一起上計程車時，喃喃說道：「鶇真傻。」

一瞬間，我愣住了，即便如此，阿姨抱著換洗衣物和毛巾仰望我時，眼中還是帶著哭笑不得的無奈露出微笑。

我也回以微笑，對她揮手道別。計程車在秋陽中絕塵而去。

恭一回來，是在鶇住院的隔天。

我被他叫出來，在夜晚的海邊碰面。

「你去探望過她了？」

我不知該怎麼開口，如此說道。我倆站在暗夜響起的濤聲中，強風夾雜大顆雨點吹來。遠方漁火看似朦朧。

「嗯，但她看起來很不舒服，我無法待太久。也沒聊什麼。」

恭一說。他的側臉凝視黑暗的大海，腳搭在消波塊坐著。交握在膝上的雙手，看起來很白很大。

「那傢伙，又幹了什麼好事吧。」恭一說。

「可是，沒人能夠阻止她。那傢伙很會裝傻，反而會讓人覺得是自己不該懷疑她。」

我笑了，接著告訴他挖坑的事。我轉述了陽子流淚說的那番話。

恭一默默傾聽。我的聲音與濤聲重疊，夜色和吹過的風，以及打在臉頰的冰冷水滴中，清晰浮現鶇的身影。宛如替海面鑲邊的點點漁火，越是用言語來描述鶇的行動，鶇的生命之光越發強烈得彷彿就在此時此地開始在故事的字句之間閃耀。

「沒人能搞出她那樣的傑作。」

聽完後，恭一忍笑說。

「挖坑？她到底在想什麼。」

「就是啊。」

我也笑了。當時因為很同情陽子且心情激盪，所以還沒想太多，可是現在回想起來，那種異樣直接卻又有點彆扭的方法其實頗有鶇的作風，還蠻好笑的。

「我啊，想到她時，有時候不知不覺就會想得很遠。」

恭一忽然像告白似的說。

「不知不覺連想到異常龐大的事物。例如人生，或是死亡。並不是因為她體弱多病。只要看著她那雙眼睛和那種生活方式，不由自主就會變得嚴肅。」

我非常了解他那種心情。冷徹骨髓的體內深處，感受到恭一的觀點，不禁心頭發熱。

鶇只是在那裡，就已與某種龐大的事物連結。

黑暗中我再次確信，說道：

「這個夏天很快樂，好似轉眼消逝，又好似格外漫長，感覺很不可思議。幸好有你。鶫肯定也非常快樂。」

「那傢伙，應該沒事吧。」

恭一說，我用力點頭。海浪與海風的巨響，好像讓腳下都漸漸模糊不清。我凝視散布夜空的明亮星子，彷彿要一一計數。

「她以前也經常住院。」

我的聲音也混入黑夜。恭一凝視大海，似被海風磋磨，露出虛無的眼神。他看起來徬徨遠甚以往。

鶫即將從這個鎮上消失。這段年輕的戀情將要迎向新局面。

恭一的內心，想必有言語無法表達的一切。我無法忘懷，就在不久前，感覺甚至還垂手可及時，這裡曾有二人和二隻狗漫步海灘。那些時光理所當然地融入海灘的自然景觀中，逐日成長。

它化作美好的畫面長留心間。

之後，我倆沒有交談，一直站在那裡，直到頭髮潮濕。我們彼此深深理解，不自覺望著海的彼方。

回東京的前一天，我去探望鶇。

阿姨覺得舉止旁若無人的鶇羞於見人，給她安排的是單人房。我敲門也沒回應，於是默默開門。

鶇在睡覺。

雖然依舊是一身看似朦朧發光的雪白肌膚，卻顯得消瘦憔悴。闔起的長睫毛，散落枕上的頭髮，都像真正的睡美人一樣清純美麗，令我害怕再繼續注視。我覺得自己熟悉的鶇好像已經消失了。

「起床了。」

我說，拍拍鶇的臉頰。

鶇嗯了一聲睜開眼。只有寶石般的眼眸特別大，定定凝視我。

「妳幹嘛，人家睡得好好的。」

鶇鼻音濃重地說著揉揉眼。我鬆了一口氣，微笑說：

「我是來道別的，我要走了。下次見，妳要趕快好起來。」

「妳說什麼？沒良心。」

鶇說。彷彿好不容易才擠出聲音，聽來很可憐。大概是連起床的力氣都沒有，她就這麼躺著瞪我。

「是妳自己的錯吧，自作自受。」我笑了。

「也對啦。」鶇也稍微展露笑意。然後，她說：

「偷偷告訴妳一件事，我或許不行了。肯定會死。」

我大吃一驚。慌忙在病床旁的椅子坐下，靠近鶇身旁。

「妳胡說什麼。」

我說。有點受不了她。

「不是說已經逐漸康復了嗎，和平時哪有什麼不同。就算住院，主要也是因為怕妳病一好又亂搞所以才把妳關在這裡。就像精神病院。和生死沒有關係。妳清醒一點。」

「才不是。」

鶇一本正經說。那一刻，她眼中的陰霾是我從未見過的嚴肅且黑暗。

「妳應該知道吧，人的生死並不是那樣。我已經沒力氣了，完全沒有。」

「鶇？」我說。

「以往，真的從來沒有這樣過。」

鶇用孱弱的聲調說。

「無論任何時候，我都不曾變得這樣對一切都漠不關心。真的很像是有什麼從我內在消失了。以往，我從來沒把死亡當成一回事。可是現在我很害怕。就算想激勵自己振作，也只是徒然焦躁，什麼都使不出來。深夜裡，我一直在想這件事。如果這樣下去始終沒有康復，我覺得自己真的會死。現在，我的內心毫無激情，這種情形還是頭一次。對什麼也都毫無恨意。我好像變成一個平庸的病床少女了。我開始明白會認真害怕葉子一片片飄落的那種人是何等心情。而且，想到周遭的人今後會開始瞧不起慢慢變得比以往更虛弱的我，我的影子會漸漸淡去，我就幾乎發瘋。」

「噢……」

我陷入沉默。我很驚訝鶫似乎是認真在剖析自己。而且，對於鶫自承以往真的從未有過這種感觸的傲慢，也感到啼笑皆非。不知她是害怕失戀，還是被陽子數落後受到打擊。而且，我發現的確如她自己所說，以往她不管發燒到多少度，全身照樣散發的氣勢，如今已將消失。

「能說這麼多話就表示妳沒問題。」

我對不安地凝視天空的鶫這麼說。

「但願如此。」

鶫看著我。從小就近距離看過幾千幾萬次這對清澈如玻璃珠的眼睛，其中沒有一絲謊言。那是永遠不變，泛著永恆的深邃清輝。我說：「那當然。」

通常人們會有的煩惱，鶇居然也有了，這嚇到我。我心想，如果鶇失去意志力，說不定真的會死。我不願讓她發現這點，站起來說：

「那我走了。」

「妳居然這麼絕情，真不敢相信。」

鶇相當大聲說。我想像個少年一樣爽快道別，匆匆走向房門，要出門時才轉頭說：

「下次見。」

然後，我轉身離開。「大混蛋！討厭鬼！不會吧。搞不好這次是永別，妳居然把上學看得比我更重要？哇塞，真是翻臉無情，難怪沒男生追妳……」我用鶇如此大罵的聲音當背景音樂，走過醫院的走廊。

出了醫院，已經入夜。

冷風中，微微感到海潮的氣味。在這個半島，大海似乎也包覆了全鎮。走在夜路上，我有點想哭。

翌晨，燦爛如盛夏的陽光遍照大地，天氣非常晴朗。儘管如此，陽光的極端透明，還是令人感到秋意。

政子阿姨做的早餐醞釀出的整體氛圍，餐桌上必然會有的早上在市場買來的新鮮海產……帶著要把那全部情景烙印心頭的惆悵，我熱鬧開動。

「真拿鶇這孩子沒轍，連瑪利亞要走了她都不能送行。」

政子阿姨用那種和她問「陽子，要不要再來一碗」同樣的語氣開朗地笑著說。因此我在朝陽中，又開始相信「鶇果然不要緊」這個已經反覆確認多次的事實。然後，我開始眷戀政子阿姨說著「妳幫我帶給大姊」一邊把滷菜和泡菜裝進保鮮盒，用白色布巾包好綁緊的靈巧指尖。

我要走時，阿姨和姨丈站在玄關門口送我。陽子說要陪我去巴士站，先去牽腳踏車了。我向波奇道別後，對姨丈和阿姨說：

「謝謝你們這段日子的照顧。」

姨丈笑著說：「到時候來歐風民宿玩。」

阿姨說：「這個夏天很開心。」

真正離開山本屋時，在燦爛的陽光中，其實走得非常乾脆。我像平時去買可樂一樣走出玄關，一回首才發現已相隔迢遙。隱約瞥見阿姨夫婦走回屋裡的背影。

然後我和陽子並肩邁步。

從正面照射過來的陽光，刺眼得令人睜不開眼，走在我身旁的她身材之嬌小，以及每走一步就在肩頭搖晃的頭髮，宛如電影畫面令我感慨萬千。通往巴士站的巷弄之間有很多老旅館。到處種植的牽牛花色已將枯萎。我的記憶，被封印在海邊小鎮這種特有的乾燥正午。

我們坐在巴士站售票處的水泥臺階吃冰棒。

我和陽子在夏天吃過的冰棒肯定數都數不清。打從記事起，我倆就經常一起拿零用錢去買冰棒。鶇總是毫不客氣地從陽子手裡搶過去一口吃掉，惹得陽子哇哇大哭。

感傷帶著異常的尖銳迫近心頭。耀眼得彷彿這些人和這個小鎮都將從世間消失無蹤。

陽子用手掌遮在額上仰望天空，說道：

「這或許是今年最後的冰棒。」

「不，鐵定又會找理由繼續吃。」

我笑了。

「總覺得很沒勁。下個月就要搬家了。」陽子說。

「感覺很不真實。大概要到搬走那天才會接受事實吧。」

陽子看著我露出笑顏，非常平靜。她似乎已決定至少今天不能哭。

「反正表姊妹一輩子都是表姊妹。」我說。

「無論在世界的何處。」

「是啊，沒錯。姊妹也一輩子都是姊妹。」

陽子吃吃笑。

「鶇最近好奇怪。不曉得是不是不想搬家。或者，是上次太賣力已經完全用光熱情了。」我說。多少也帶點試探。

陽子回答：「……嗯……我也不好說。是啊，的確有哪裡不對勁。她好像有點鑽牛角尖。在恭一面前雖然一如往常，但我不是有去探病嗎？我敲門她也沒反應。所以我就默默開門，結果鶇見到我就嚇一跳，連忙往被子裡偷偷摸摸藏東西。我問她在幹嘛，叫她趕快睡覺，後來，我不是為了裝開水什麼的暫時離開病房嗎？結果，她就又取出那個，好像在寫什麼東西。」

「寫東西？」我驚訝地說。

「對呀，她在寫東西。那麼費神，本來會好的病也好不了……真是的，也不知她到底在想什麼。」

「她還在發燒？」

「對，一到晚上就溫度升高，早上才退燒，反反覆覆的。」

「她會寫什麼呢，該不會是詩或小說吧？」
鶇和「寫作」太不搭調，因此我很納悶。
「鶇在想什麼，誰也摸不透。」
陽子莞爾一笑。
那種優雅的態度，高貴溫柔的體貼，我想必永難忘懷。除了鶇，陽子淡淡的身影也將鮮活地在我心中繼續成長。無論今後，我會在何處成為什麼樣的大人。
「今天好像特別熱。像炎夏。」
陽子說著再次仰望天空，我看著她下巴的圓潤線條。是的，我莫名地將一切看得清清楚楚。就像廣角鏡頭，將我身邊的故鄉所有事物納入眼中，心平氣和地呼吸著。
巴士緩緩駛入車站。
直到上車前，儘管是明媚的正午，依然抹不去那有點哀愁的心緒。
——如果鶇在這裡，能夠用她那強烈的光芒抹消一切該多好。如果她能對我和陽子的落寞神色嗤之以鼻，嘲笑我們該多好。

原來我期望的就是那個啊，從巴士的車窗望著始終在微微揮手的陽子逐漸遠去，我如是想。

東京在下雨。

在我家那一站下車後，或許是天氣的差異，或許是因為感到寒意，也或許是因為人潮，一切都看似莫名地浮動不定。

想必是心境使然吧。

明明已經回來，一切卻如夢中見過的景色般遙遠。經過這一個月吸飽海風四處跑的洗禮，我的身體充滿活力。

凝視煙雨濛濛的灰色街景，穿過車站剪票口時，我無端想到：

「我真正的人生今後才要開始。」

人潮中，我拎著大行李腳步踉蹌走下臺階，只見我媽站在那裡。

「咦？媽！」

我驚訝萬分連忙跑過去。我媽放下菜籃對我微笑。

「我出來買東西順便接妳。妳沒帶傘吧？」

「嗯。」

「一起回家吧。」

並肩邁步時，我感到我媽的存在把我一步一步推往現實。

「玩得開心嗎？」

「嗯。」

「妳曬得好黑，瑪利亞。」

「嗯，每天都天氣超好。」

「聽說鶇交了男朋友？妳爸爸也很驚訝呢。」

「對對對，整個夏天都一起玩變得感情超好。」

「聽說鶇又住院了？本來不是有一陣子都沒事了。」

「好像是夏天玩得太累了。」

大雨中，我倆共撐一把傘，我媽的聲音很平靜。穿過通往我家的商店街時，我發現這個夏天的熱度更加清晰地浮現心頭。而且，也比以往任何時候更心疼鶇。

心疼戀愛中的鶇，那鮮活的笑顏。

「妳爸爸也在等妳呢。今天甚至堅持要提早下班。我也覺得妳不在家的日子特別無聊。今天要做的都是妳愛吃的菜喔。」

我媽笑了。

「嗯，好久沒吃家裡的飯菜，太好了。我也有好多話要跟你們說。」

我說，但我想我肯定不會說出鶇挖的坑。也包括站在夜晚海邊的恭一有多麼喜歡鶇，陽子的眼淚又是多麼沉重，因為那些都是無法用言語表達的心靈珍寶。

就這樣，我的夏天，宣告結束。

鶇的來信

回到東京後，好一陣子我都忍不住發呆。

學校也有很多人跟我一樣犯了這種暑假發呆症候群，我和同學有陣子都在議論「好像不是在真的上學」。不過每次和大家提到暑假，我還是覺得自己過了一個有點與眾不同的夏天。

當時我的確在另一個世界。

鶇散發的強烈能量，夏日海邊的艷陽，新朋友……那些人事物互相交疊打造出一個前所未見的空間。就像士兵瀕死前夢見的故鄉一樣鮮活，是比現實更強大的世界。九月微弱的陽光中，手中連那個的影子都不剩了，被人問起時，我只能回答：「嗯，我回家鄉了，一直住在親戚經營的旅館。」對我來說，這個夏天是濃縮了過去所有懷念事物的精華。

……每次這麼想，我總在思忖。

鶇是否也這樣覺得呢？

有一天，爸爸摔斷了腿。

據說他在公司倉庫爬上梯子，抱著高處櫃子上的沉重資料就這麼掉下來，我媽和我慌忙趕到醫院時，爸爸在病床上難為情地笑嘻嘻。我這才想起，他向來受不了精神上的痛苦，肉體上的痛苦倒是很能忍。

我們鬆了一口氣回家，因為聽說要住院兩三天，我媽拿了換洗衣物又去醫院了。我一個人在家。

電話就是在這時響起。

我直覺是帶來壞消息的電話。當下腦海浮現的是爸爸的臉。我慢吞吞接起電話。

「喂？」

但電話是陽子打來的。

「阿姨和姨丈在嗎？」

「不在，我爸摔斷腿了，在醫院，真是夠了。」

我笑了，但陽子沒笑。她說：

「鶇的狀況，好像不大對勁。」

我沉默。我憶起上次去探病時鶇堅稱自己會死掉的蒼白側臉。對了，鶇的直覺向來不會出錯。

「怎麼不對勁？」

我終於開口。

「醫生直到今天中午還說應該不要緊，可是她從昨天開始就幾乎陷入昏迷。還發高燒，好像突然惡化……」

「可以會客嗎？」

「現在不行。我跟我媽一直待在醫院。」

陽子的聲音很鎮定，可以清楚感到，她也還無法置信。
「我知道了。明天一早我就立刻過去。不管狀況怎樣，我們輪流守著吧。」
我說。我的聲音，也同樣和心情相反地鎮定，就像是宣誓般堅定地響起。
「通知恭一了嗎？」
「通知了。他說會立刻趕來。」
「陽子。」我說。
「如果有什麼變化，就算半夜也沒關係，一定要立刻打給我。」
「嗯，我知道了。」
電話掛斷了。等我媽回來告訴她後，她說明天要扔下我爸不管，跟我一起去照顧鵯。於是我倆開始準備明天的行李。
我把電話抱回房間，放在枕畔睡覺。我怕萬一電話響了……。我睡得很淺，唯有夜色深沉。昏昧不明的睡眠，斷斷續續穿梭的夢境中，我始終感覺到電話的存在。它就像生鏽的鐵塊，帶著冰冷討厭的觸感整晚都在那裡。

夢中一直有陽子和鶇出現。一切都是片段式令人焦躁的畫面中，每次看見鶇，就會產生神聖又有點甜蜜的心情。鶇一如既往臭著臉，在海邊或山本屋傲慢地說話，但我滿心不安地和鶇在一起。一如既往和鶇在一起。

朝陽直射到我緊閉的眼皮上，我哼了一聲爬起來。電話沒響。鶇不知怎樣了，我思忖著拉開窗簾。

這是個美麗的早晨。

秋天真的到了。天空無垠地泛著青瓷的清徹明淨，樹木隨著遙遠的秋風緩緩大幅晃動。一切都靜靜瀰漫秋日氣息，打造出無聲的透明世界。我覺得好久沒感受到如此耀眼的早晨，不禁神思恍惚地盯著那情景看了半晌。那一幕美得令人心痛。

也不知現在情況怎樣，總之我們決定先去看看再說，就在我和我媽正在吃早餐時，電話來了。

是政子阿姨。

「怎麼樣？」

我一說，阿姨就有點難為情地笑著說別提了。

「沒事吧？」我說。

「妳知道嗎，那丫頭，若無其事又撐過來了。好像反倒是我們大驚小怪。」阿姨說。

「啊？真的？」

我頓時感到全身脫力。

「從昨天傍晚，病情就忽然惡化，她很久沒這樣了，所以我們都慌了手腳。醫生也說這樣不行，用盡各種辦法治療她，不過連醫生都驚訝地說這孩子的生命力很強。有一陣子我真怕她熬不過去，不過今早病情就神奇地穩定下來了，現在正呼呼大睡呢。……鶫的身體過去雖也出過很多狀況，但這種情形還是第一次。當然，今後肯定也會發生意想不到的事吧……」

政子阿姨似乎已有覺悟，卻開朗地說。

「不好意思，嚇到你們了。有什麼事我會立刻向你們求援，所以瑪利亞妳今天不用過來沒關係。好好在家休息吧，對不起，讓你們擔心了。」

「不過，太好了。」

我說。鬆了一口氣的同時，血液彷彿又開始流動，心裡重現滾燙的熱流。我把電話交給我媽，自己先回房間鑽進被窩。我在晨光中閉上眼，聽著遠處我媽愉快交談的聲音就這樣睡著了。這次，立刻有安穩的睡眠降臨。

那是深沉又溫柔的睡眠。

幾天後的中午，鶇打電話來。

「喂？」我一接起電話。

「嗨，醜八怪！」

鶇的聲音立刻竄入耳中，突然間，我在思考之外的地方一下子發現，我絕對不能失去這個聲音，這個聽慣的細小高亢令人懷念的聲音。電話彼端很吵雜，可以聽見廣播在喊某人的名字，還有小孩的哭聲。

「怎麼，妳在醫院？沒事吧？已經好了？」我說。

「已經好了，我還在醫院。看樣子應該還沒收到。怎麼會這樣？」

鶫開始說出意味不明的話。

「那個笨蛋護士，肯定聽錯住址就寄了。真誇張。」

「妳在說什麼？鶫。」

我以為她腦子燒糊塗了，如此說道。鶫沒回答，陷入沉默。那沉默太漫長，我的腦海不禁浮現鶫的模樣。以往見過的鶫各種樣貌統整成一個形象……那輕飄飄的秀髮，眼中燃燒的光芒，纖細的手腕。赤腳走路時的腳踝線條，笑時露出的白牙。緊繃的側臉上蹙起的眉毛角度……視線前方的海。閃閃發亮，不斷有海浪拍岸的沙灘……。

「跟妳說喔，我本來要死了。」鶫忽然明白地說。

「妳在胡說什麼。可以活蹦亂跳地溜達到醫院走廊的人，還好意思說什麼死。」我笑著說。

「笨蛋，我是真的差點死掉。當時忽然意識不清，看到很大一團光，很想去那邊……可是我一走近，死掉的媽媽就說『不能過來』……」

「少騙人了。妳哪來的媽媽死掉啊。」

鶇很久沒這麼有活力了，我很開心。

「……這個當然是假的，總之當時很危險。一天比一天虛弱，我都以為這次真的完蛋了。」鶇說。

「所以，我給妳寫了信。」

「寫信？給我？」

我吃驚地叫出來。

「對呀。真丟臉。結果我又活下來了……可是我拜託的護士小姐說已經把信寄出去了，就算想收回也收不回來。即使我叫妳收到信也不能拆開，必須立刻扔掉，以妳惡劣的個性肯定也會看吧，算了，妳看吧。」鶇說。
「到底要我怎樣啊。」
鶇寫了信給我……這點令我莫名地心跳加快。
「沒事，妳看吧。」
鶇語帶笑聲宣告。
「我這次，還是覺得已經死過一回了。所以寫那封信或許是正確的。說不定，我今後會漸漸改變。」
我不懂鶇到底想說什麼。可是內心一隅又好似有點明白，一瞬間我沉默了。
這時鶇說：
「噢，恭一過來了，我叫他跟妳說，拜拜。」
我連忙喊她，但她似乎已經走掉了，只聽見恭一大吼：「妳給我待在病房！」
然後他莫名其妙地接聽電話說：「哪位？」

鶇真是太任性了。這時候，她肯定已經大步沿著走廊回病房了吧。瘦小的身子，像國王一樣抬頭挺胸。

我苦笑，說道：

「喂？」

「噢，是瑪利亞啊。」

恭一笑了。

「聽說鶇之前很危險？」我說。

「嗯，不過現在好像已經精神十足了。有一陣子甚至禁止會客，很嚴重。我都嚇慌了。」恭一說。

「幫我問候一聲。……對了，恭一，鶇如果搬到山裡，你覺得你們會自然而然分手嗎？」

疑問脫口而出。

「嗯……將來會變成怎樣，不到真的相隔兩地的時候誰也不知道，不過我想今後應該不大可能再遇到個性那麼強烈的女生。她很棒，是最高傑作。這個夏天，想必會成為我永難忘懷的夏天。就算我們分手了，大概也會一輩子強烈地銘記心頭。這點我很確定。」

恭一淡淡說。

「況且以後有我家的飯店代替山本屋永遠守在這裡。你們隨時都可以來。」

「……是喔，那我們會永遠像這個夏天一樣在哪保持聯繫吧。」

「大概吧。」

恭一笑了。

「噢，陽子走進玄關來了。還拿著百合花。啊，她在走廊轉角撞上病人正在道歉……她來了她來了，那我讓她跟妳說。」

「喂？哪位？」陽子在電話那頭說，我邊回答邊想，他們逐一出現，簡直像遊行。我坐在家裡的椅子上，凝視窗外的天空和陽子交談。灑落的午後陽光呈方形照亮室內。我感到自己內心的平靜決心，依舊莫名地，甚至沒有明確形狀地逐漸盈滿心頭。今後，我將在這裡活下去。

瑪利亞：

果然被我說中了吧。

或者，當妳收到這封信時，也許正趕來這裡參加我的喪禮。這是真正的「鬼信箱」。

秋天的喪禮很冷清很討厭對吧。

最近，我一直在給妳寫信。寫了又撕掉，然後又重寫。為什麼是給妳呢？不知怎的我總覺得，在我的周遭只有妳能夠正確判斷且理解我說的話。

似乎真正一心求死的現在，我心中唯一的希望，就是留一封信給妳。其他人只會拚命哭，或是自以為是地認定我其實是怎樣怎樣的人，想到那種情景，我就想吐。恭一至少還好一點，但戀愛是戰爭，直到最後都不能讓對方看到弱點。

說真的，為什麼妳明明這麼蠢，卻能夠以寬宏的角度正確觀測事物呢？真不可思議。

還有另一點，這次我一住院，就看了《死亡禁地[2]》這本小說。本來是為了消磨時間，沒想到還蠻好看的，我一口氣看完後，身體更不舒服了，簡直痛苦不堪，不過對於體弱多病的人來說，身為小說主角的青年逐漸衰弱的樣子描寫得相當寫實。主角發生車禍變得支離破碎，總之就是命運坎坷，屋漏偏逢連夜雨地悲慘死去，最後一章是他留給父親和戀人的遺書。那是來自死亡禁地的信，看了之後，連我都掉了幾滴眼淚。然後，我就非常羨慕寫那種信，以及收到那種信的過程，於是寫了這封信。

之前，我挖那個要讓小混混掉進去的坑時，一邊也思考了很多事。算是肉體勞動時的消遣吧。然後在前幾天，聽了這樣下去恐怕會嫁不出去只能一輩子照顧

2 死亡禁地（*The Dead Zone*）：美國小說家史蒂芬・金創作，以超能力為題材的長篇小說。

我的大傻蛋陽子含淚的控訴後，我就更是幡然醒悟。好像看清楚了自己的輪廓。這些年來我靠著周遭眾人勉強支撐這虛弱的身體，其實也只不過是個胡亂發作歇斯底里活得任性的蒼白小女生，想必，今後也一輩子都是如此。當然我毫無反省之意，過去也早已充分明白這點。

不過，在想起來就頭暈的肉體侷限中，恍惚思考那種事的感覺莫名地輕鬆，因為我總覺得自己近日之內就會死。畢竟，要挖那麼深的洞，就算對健康的人想必也很吃力。那是很適合作為人生最後一樁差事的艱辛作業。

而且我挖的還是別人家的院子，絕對不能被發現。因此只能在深夜作業。一點一點把土運出，一邊繼續挖。

到最後，洞已很深，從底下仰望可以看見星星。土很硬，我的手傷痕累累，每天，我就這樣凝視著夏日黎明再次降臨的瞬間。

從洞底。

透過狹小的視野看著天空漸漸發白，星星消失，精疲力竭的我想了很多。為了怕我媽發現髒衣服，我穿的是泳裝，每天再在外面套上同一件髒兮兮的外套挖坑。於是，我忽然發現自己幾乎從來不曾穿泳裝在海裡游泳。上游泳課時總是旁觀，仔細想想連划水也不會。我也想起每天上學途中的那個坡道，我總是走得上氣不接下氣，還想起自己從未參加過冗長的朝會。我當時完全沒發現，那種時候，我看的永遠不是這渺小的腳下，而是仰望藍天。

此刻呼吸吃力，身體也像被棉被壓著一樣重。

我也吃不下東西。說到能吃的，只有我老媽送來的泡菜，很好笑吧？瑪利亞。

過去無論發生什麼事，我的內心深處依然充滿活力，可是現在毫無存貨了。我要老實地投降。

夜晚也很討厭。

一到關燈時間，這個病房化為巨大的黑暗後，我的心情就沮喪得要命。幾乎哭出來。哭了會累，所以我強忍黑暗。靠著小燈繼續寫這封信。意識時而清醒時而恍惚有點頭重腳輕。弄得不好，肯定會立刻掛了。然後變成無趣的屍體，惹得你們這些笨蛋哇哇大哭。

每天早上，醜八怪護士小姐會來拉開窗簾。

醒來的感覺糟透了，口乾舌燥，腦袋笨重發疼，好像變成曬乾的木乃伊。倒霉的時候還要立刻吊點滴，爛透了。

不過，打開窗簾和窗戶後，海風會伴隨陽光一起進來。我還半閉著眼，隔著發亮的眼皮，昏昏沉沉夢見帶狗散步。

我的人生乏善可陳。若說有什麼好事，頂多也只能想起那些。

不管怎樣，我很高興能死在這個小鎮。

保重。

TUGUMI．Y

跋

每年夏天，我和家人都會去西伊豆。十幾年來，始終去同樣的地點，同樣的旅館，因此那裡於我等同故鄉。夏天總是無所事事地在那裡疲懶度過。

我很想把那種什麼也沒有，永遠只有海，只是天天散步、游泳、看夕陽的時光牢牢留住，於是寫了這本小說。這下子，我和我的家人縱然失去記憶，只要看了這本書，應該也能懷念地想起吧。而且，鶫就是我。那種性格之惡劣，不做第二人想。

寫此書的期間非常愉快。感謝中央公論社相關人士及《美麗佳人》雜誌的各位，尤其是安原顯先生。

謹將本書獻給陽子的模特兒金島陽子小姐，以及為本書描繪美麗畫作的山本容子小姐。

謝謝各位的閱讀。

吉本芭娜娜

跋（文庫版）

1鶇家經營的旅館叫做什麼？
2放煙火那晚，大家吃的水果是什麼？
3電影《鶇》中，瑪利亞的父親從事什麼職業？

……我本來想模仿勁敵竹下龍之介[3]的《天才妹妹》系列作的後記也來出幾道題目，但畢竟已是陳年往事，就連日前被人問起：「咦？鶇和瑪利亞是表姊妹吧？」我都好半天答不上來，想想還是算了。因此這本幾乎無從修改的小說，如果還有少許優點，想必是「連作者都已無法碰觸的某個夏天就活在這裡」。

實際的大海有黏糊糊滑溜溜的海帶和長得像蟑螂的海臭蟲，也有水母之類可怕的生物，鹹澀的海水灌進鼻子時真的很難受，走在海灘上腳底也會沾滿沙子。不過相對的，鄉下小鎮的青春想必也有更生猛的氣息和觸感。生活的不順遂或許和這本小說不同，是更像細小顆粒那樣摻雜在日常中令人疲憊，年輕人無處發洩的性能量或許也扭曲得連夕陽都顯得醜陋。

恕我突然說句題外話，各位還記得自己的初戀嗎？

當時曾深信只要有那人和自己攜手同行，世界就會圓滿無缺。擁有那樣清純的能量。

這本小說就是用當時的世界觀、宇宙觀描寫的。最後，是那非常複雜、擁有獨特美感的圓融風景。以及年輕孩子初戀時，傲慢的那顆心初次映現的鮮活「自然」。包括山與海，自己走過的柏油路，以及周遭眾人的百態。

---

3 竹下龍之介：律師，以比他小五歲的妹妹為主角的《天才妹妹》（天才えりちゃん）系列作，一九九一年獲得福島正實記念科幻童話獎，並改編成電影。

鶫不可能永遠保持當時那樣，這本小說的結局就是鶫嶄新人生的開始，也是過去那個鶫的「死」。當然各位讀者要怎麼解讀都行，但我是這麼想的。鶫今後終於可以開始活生生的人生。

再說句無關緊要的題外話，書中三個女生當時著迷的，是以前ＮＨＫ播放的《少年奧爾菲》[4]。我也很喜歡。

承蒙各位來函，也謝謝大家撥冗閱讀。

能夠創造出這本小說的世界，多虧有我爸媽每年帶我去西伊豆。我很感謝他們。

連載期間一直守護我，甚至負責撰寫解說的安原顯先生，謝謝你。也謝謝辛苦的責任編輯渡邊幸博先生。

還有負責裝幀設計交出完美成果的山本容子小姐，以及迄今仍以「陽子」的姿態每天在我身邊的金島陽子小姐，真的很謝謝你們。

我們下次見。

寫於二月寒冷的某日，
在附近的「玉川」拉麵店
吃完拉麵回來後

吉本芭娜娜

4 少年奧爾菲：NHK電視臺「少年劇系列作」之一。改編自米澤幸男的兒童文學作品。

解說

安原顯

初識吉本芭娜娜（本名真秀子）是在一九六八年，她四歲時。之所以會記得這種事，是因為六八年我第一次向吉本隆明[5]邀稿，是值得紀念的一年。當時吉本一家住在文京區的千駄木，我們這些編輯多半被帶去二樓的書房，不過有時在一樓狹小的廚房，夫人也會加入一起暢談。就在那樣的某一天，真秀子湊巧現身廚房，我問出愚蠢的大人會問小孩的那種典型的老套問題：「小真，妳長大想做什麼？」她當下低聲回答：「作家！」我想她那時應該是小學低年級。從此，每次只要碰面，我問她：「還在寫小說嗎？」她就會露出靦腆的笑容說：「對呀。」通常這樣的小孩一旦過了二十歲就「小時了了，大未必佳」的例子佔了壓倒性多數，而且，一問她偏好的小說，多半是恐怖驚悚或科幻、奇幻題材，因此我自以為是地認定恐怕不是我當時參與的文藝雜誌《海》會刊載的「純文學」（嘔！），於是始終沒有認真和她談過小說。當然就算我主動聊起小說，她當時是個非常內向的小女孩，想必也不會搭理我這種話題。

時光飛逝，到了一九八七年，已經二十二歲的她，以吉本芭娜娜的筆名寫出〈廚房〉，獲得第六屆《海燕》新人文學獎。我聽到這個消息，心想：「噢？那個小真得獎了啊。而且是純文學的新人獎？那我倒要見識一下她的本領。」連忙跑去買十月七日出刊的《海燕》雜誌。並且根據我認真看小說時常犯的怪癖，一手拿著 6B 鉛筆（以便在我認為文章或表現手法「土氣」時立刻做記號），當下開始閱讀。沒想到這篇〈廚房〉，無論是文體、架構、情節設定、主題等各方面，早早皆已形成「吉本芭娜娜」獨特的個性和風格，一點也不「土氣」。對

5 吉本隆明：日本知名的詩人、評論家。芭娜娜是他的次女。

於近年來自稱作家的年輕人們無聊透頂的小說早已深感憤怒的我，不由在心中大呼快哉：「終於出現了不起的新人！」也打電話給她表達了我這種感動，幾天之後，為了邀她寫長篇小說，我見到了芭娜娜。結果芭娜娜說「寫長篇太吃力」，因此我改為邀請她替《美麗佳人》雜誌寫連載。

吉本芭娜娜的第一本單行本《廚房》就在三個月後的一九八八年一月出版。其中也收錄了後來她替《海燕》雜誌寫的〈滿月——廚房2〉，以及日大藝術學部學部長獎得獎之作〈月影〉共三篇，〈滿月〉當然也很有意思，但〈月影〉壓倒性地感動了我。當時，我不僅從書中數次引用我個人偏愛的金句，也在某雜誌寫道：

「很多人都說吉本芭娜娜的小說世界受到漫畫家大島弓子等人的影響。看似貫穿全文深受漫畫影響的文體調性，的確是她的魅力，也是武器，但是另一方面，她的小說也有非常古典傳統的一面。首先就她的主題而言，三篇寫的都是『愛』，是『死』，是『孤獨』，是『人生』。不過，這種題材或主題對她這樣的年輕作家而言，未免太沉重，太晦暗，太理所當然，也過於庸俗。萬一失敗了會慘不忍睹。也需要相當好的技巧。要正面挑戰那種題材，她恐怕還不夠成熟，負擔也太重。但她還是想寫。所以她或許是借用平時嗜讀的漫畫風格，以盡可能輕巧、夢幻的模式，把這些主題化為小說。更何況她還擁有與生俱來的文學才華。」

吉本芭娜娜第一篇連載小說《鶇》，從一九八八年五月號（三月二十八日發刊）開始刊登。我把截稿日定在發刊的四十五天前，因此收到第一批稿子是二月十五日。就在她以〈廚房〉獲得新人獎大約四個月之後。關於《鶇》，事前我雖已聽說故事大綱，沒收到稿子之前多少還是有點不安。然而，看了第一章的〈鬼信箱〉後，我確信「絕對沒問題」。因為這篇小說的內容固然不在話下，而且與短篇不同，文體是以長篇的節奏寫成。雖是她有生以來第一次的連載小說，但她在第四篇作品就能掌握寫長篇小說的訣竅，這種天賦令我不由驚嘆。

《鶫》的故事舞臺，是吉本一家人實際上每年夏天都去，已經去了十幾年的西伊豆當地的山本屋旅館（當然這家旅館是虛擬的）。登場人物包括敘事者白河瑪利亞（十九歲），嫁到這家旅館的瑪利亞母親的妹妹政子，政子的丈夫正叔，他們夫妻的二個女兒陽子（二十歲）及鶫（十八歲）。瑪利亞和母親住在這家旅館的偏屋，母親在旅館的廚房工作。瑪利亞的父親有個分居已久的妻子，後來離婚成立，一家三口終於得以在東京生活，不過在那之前，基本上維持父親每逢週末來山本屋旅館探視的關係。故事內容，就是描寫白河瑪利亞上了東京的大學，山本屋旅館也即將歇業，於是瑪利亞回到山本屋旅館度過「最後的夏天」，這個夏天的回憶，成為永不復返的「青春物語」。故事主角，就是作者自己在「後記」中提到的，「鶫就是我。那種性格之惡劣，不做第二人想」的「鶫」。她擁有「烏黑的長髮，透明白皙的肌膚，單眼皮的大眼睛，鑲滿濃密的長睫毛，垂眼時就會落下淡淡的陰影。血管清晰可見的纖細手腳勻稱修長，全身緊緻嬌小」，是個出眾的美少女，但是個性「刁鑽粗野嘴巴惡毒，任性愛撒嬌又狡猾」。這是因為鶫「打從出生時身體就異常虛弱，各種機能都壞了，醫生宣告她活不久」，因此母親格外寵溺所致。不過，這個「鶫」非常迷人。

「食物真的全沒了時，我想變成那種坦然殺死波奇吃肉的傢伙。當然，不是那種會在事後偷哭，替狗做個墳墓說聲對不起，或者把一塊骨頭做成鍊墜一直隨身攜帶的那種半吊子，可以的話我希望自己毫不後悔，也不受良心苛責，真的能夠坦然笑著說『波奇很好吃』。」——對瑪利亞如此宣言的鶫，就像坂口安吾的短篇小說〈夜長姬與耳男〉的夜長姬一樣酷。此外，鶫偶然結識預定將在當地建設飯店的老闆兒子武內恭一之後愛上他，「說著『如果你也跟我握手我就殺了你』然後摟住恭一的脖子」。從最後一章她醒悟死期不遠時寫給瑪利亞的那封「信」，也可清楚看出她的個性。我們常說小說的成敗端視主角的魅力，就這個角度而言，這個「鶫」或許堪稱表現得相當好。當然那種魅力也是靠配角瑪利亞和陽子烘托出來，這點無庸贅言。而且我很喜歡《鶫》的敘事手法，例如：

「蜻蜓的影子飛過深藍色天空，我吃著爸爸買給我的冰棒。那時多半風平浪靜，殘留海灘的熱氣升起，帶有海水的氣息。冰棒總是有點虛無的滋味。」「走向大海的他，看起來彷彿是被大海拽去。那片蔚藍太無窮無盡，區區一個人，早已被那光景吞沒。」

正如前面也提過的，吉本芭娜娜是個內向的人，很少公開與人對談，但在《美麗佳人》開始連載時，以及刊載最後一章的「八九年四月號」，她曾經二次與文學評論家高橋源一郎「對談」，此外，也在認識多年的編輯懇求下，顧及《鶇》的宣傳效果，由我自己擔任採訪者，在別的雜誌二次進行長篇訪談（總計四十頁）。以下就介紹部分內容。

Q：芭娜娜小姐認為自己的小說為何能如此喚起年輕讀者的共鳴？那和「溫柔的時代」有關嗎？

吉本　我的小說內容並不「溫柔」，因此我想應該無關，不過「容易閱讀」

這點應該是一大主因吧。現在的年輕人看多了好東西，眼光很高，所以不是技術的問題，花了一星期寫出來的東西一星期就扔掉了。他們在那方面的判斷很敏銳，所以或許多少能感受到我的苦心吧。

Q：妳說並不「溫柔」，這是什麼意思呢？

吉本　因為登場人物都很冷淡，完全沒描寫所謂的人性。

Q：那麼，妳對人生也未必是持肯定態度囉？

吉本　對，毋寧是否定的。就是因為太否定，所以至少在小說中想寫點那方面的救贖。因為否定性的人寫否定的東西也沒用。我從小就不太喜歡讀後感讓人不舒服的文章，所以就這個角度而言，早就決定自己一定要寫某種 happy end。

Q：那麼，妳認為的「溫柔」是什麼？

吉本　我想還是類似「奉獻」吧。

——摘自《CULTURE SCRAP》（水聲社出版）

不只是《鶇》，吉本芭娜娜過去寫的小說，內容和文體似乎都有被「溫柔」籠罩的跡象，包括我在內，喜歡這點的書迷想必不在少數，此外，持否定態度的讀者似乎針對這點批評「過於天真甜美」，但我和她相識多年，直到這次訪談前，竟然完全不知道她自己是如此「對人生充滿否定，所以至少在小說中想寫點正面的東西」，不禁有點驚訝。不過，如今我認為，或許某種堪稱強韌的感性，就是促使她成長為更有深度的作家的原動力。

藍小說 853

鶇

作　者—吉本芭娜娜
譯　者—劉子倩
編　輯—張瑋庭
封面插畫—Tess Tseng
美術設計—蕭旭芳
內頁排版—芯澤有限公司

總 編 輯—嘉世強
董 事 長—趙政岷
出 版 者—時報文化出版企業股份有限公司
108019臺北市和平西路三段二四〇號三樓
發行專線—（〇二）二三〇六六八四二
讀者服務專線—〇八〇〇二三一七〇五・（〇二）二三〇四七一〇三
讀者服務傳真—（〇二）二三〇四六八五八
郵撥—一九三四四七二四時報文化出版公司
信箱—（一〇八九九）臺北華江橋郵局第九九信箱

時報悅讀網—http://www.readingtimes.com.tw
電子郵件信箱—liter@ readingtimes.com.tw
法律顧問—理律法律事務所　陳長文律師、李念祖律師
印　刷—家佑印刷有限公司
二版一刷—二〇二四年三月二十九日
定　價—新臺幣三八〇元
（缺頁或破損的書，請寄回更換）

時報文化出版公司成立於一九七五年，
並於一九九九年股票上櫃公開發行，於二〇〇八年脫離中時集團非屬旺中，
以「尊重智慧與創意的文化事業」為信念。

鶇 / 吉本芭娜娜著；劉子倩譯 . – 二版 . – 臺北市：時報文化, 2024.3
面；　公分 . –（藍小說；853）
譯自：TUGUMI
ISBN 978-626-396-037-4

861.57　　113002751

ISBN 978-626-396-037-4
Printed in Taiwan